Hanok, Memoir of A childhood

그 골목길 끝에 한옥집 대문이 있었다. 골목이 시작되는 곳에만 서도, '아, 드디어 집에 왔구나' 마음이 놓이던 곳, 한옥집 골목길.

한옥집의 백미는 가을이다.

봄부터 붉다는

뒷마당의 단풍나무도

가을에 비로소

절정의 아름다움을 보여준다.

낮에는 친구들과 함께 흙과 돌멩이로 소꿉놀이를 하던, 강아
지풀과 토끼풀과 온갖 잡초가 무성했던 공터. 해가 질 무렵
이면 내일의 만남을 기약하며 헤어지던 아이들의 목소리가
웅성거리던 곳. 밤이 되면 아이들의 조잘거림을 따스히 흡수
한 밤하늘이 깊고 푸르게 짙어지던 그곳. 토끼가 절구를 빻
던 달과 그윽한 밤하늘. 모윤숙의 시 〈밤호수〉를 읽을 때면
늘 떠오르는 나의 밤하늘.

사랑채 옆에 있는 작은 문을 통과하면 밝은 햇살 아래 너른 땅이 펼쳐지고, 사랑스럽고 풍성한 갖가지 푸성귀와 야채, 열매들이 주렁주렁 열려 있다. 한옥집 남새밭이다.

어린 나에게 그곳은 꿈의 세계였다.
널따란 마룻바닥이 시원스레 펼쳐지고
안쪽 방에서부터 흘러나오는 아름다운 색색의 세계.
온갖 색으로 염색한 옷감들, 비단 헝겊들,
상상할 수 있는 모든 색깔의 실들,
방 안을 뒹구는 아름다운 자투리 천들,
형용할 수 없는 갖은 옷감과 자수가 놓인 천들,
바늘과 골무와 진주 옷핀과 단추들.

그 방은 온통 할머니 냄새로 가득했다.

깔끔했던 할머니의 성격이 그대로 드러나던 방.

너무도 따뜻했던 방.

할머니의 방.

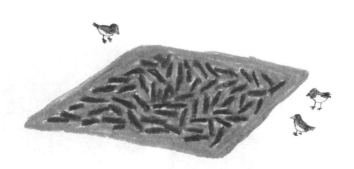

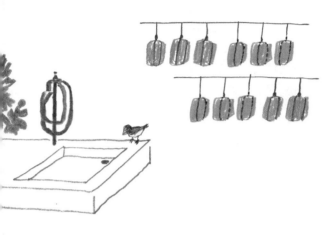

장독대에는 서른말들이 큰 항아리가 서너 개, 중항아리가
열댓 개, 맨 앞줄에는 작은 항아리들이 줄지어 있었다. 특
히 큰항아리에는 바람결 무늬와 물결무늬, 구름이 피어오
르는 무늬가 신비롭게 새겨져 있었는데, 가만히 귀를 대면
소용돌이치는 거대한 물결소리도 들리는 듯했다.

틈만 나면 그곳에 가 있던 나는
중앙서림의 단골손님이자 애물단지였으며,
아줌마의 꼬마 친구였다.

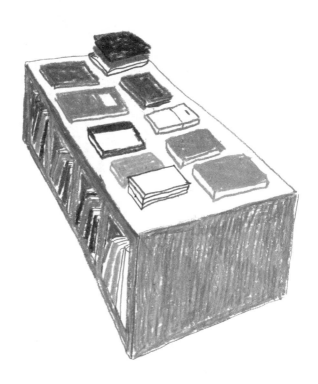

작품에 나오는 '한옥집'은 어린 시절 작가의 세상을 표현하는 하나의 고유명사였습니다. 이런 이유로 한국어 어문규정에 따른 '한옥'이라 쓰지 않고 '한옥집'으로 표기합니다.

안녕,
나의 한옥집

임수진 지음

아멜리에。북스

내 기억 속의 집은 그러하다. 생명을 가지고 태어나,
많은 이들과 함께 가장 따뜻하고 밝은 시기를 거치고,
사랑하던 사람들을 잃어버림과 동시에 쇠퇴하고 소멸하여
생의 한 주기를 마감한 집. 오늘 나는 그 집을
다시 불러내 다정한 인사를 건넨다. 안녕, 나의 한옥집.

문장은
잔인하다

나태주 (한국시인협회 회장, 시인)

아, 이런 글이 있었던가! 이런 글을 내가 언제 읽었던가! 가슴
이 벅차오르다 못해 뛰기 시작했고 얼굴이 붉어졌다. 극진한
시의 문장을 갖추고 있었다. 아니다. 서사를 펼치고 있었다. 웬
만큼은 나도 작가가 알고 있는 세상과 대상을 짐작한다. 그러
나 그것은 이미 나에게 잊혀진 것이고 흐려진 것이다. 하지만
이 책의 작가에게는 그렇지 않았다.

흐려졌기에 더욱 선명한 것이 되었고 잊혀진 것이기에 더욱 가
슴 아픈 것이 되었다. 하나의 파노라마다. 너무나도 생생하여
눈앞에 그림을 보는 것 한가지다. 그렇다. 숨을 쉬고 있는 풍경
이요 움직이는 사물이다. 어찌 그럴 수 있단 말인가? 필시 그리
움이었겠지. 안타까움이었겠지. 그 이전에 상실과 결핍이 있었

겠지. 그런 점에서 문장은 잔인하다. 한 인간에게서 많은 것을 빼앗아간 다음에 이렇게도 아름다운 문장을 선물해주신다.

임수진 작가의 글 내용은 한 개인의 기억 속에 잠겨 있는 추억의 세상이고 또 공주라고 하는 한 조그만 고장의 이야기다. 경험자의 세상도 변했고 글의 현장인 공주의 형편은 더욱 많이 변해버렸다. 아니, 지상에서 사라져 버렸다. 그럼에도 불구하고 작가의 글 속에는 그 모든 것들이 고스란히 존재한다. 글의 승리요 힘이다. 이거야말로 또 다른 건설이요 창조다. 그리하여 문장은 잔인하지만, 한편으로는 위대하기도 한 것이다.

문학의 세계에서는 선후先後가 없다. 보다 아름다운 세상, 진실한 세상, 새로운 세상을 보여주는 사람이 먼저다. 이 책의 작가는 저 멀리 머리카락을 바람에 날리며 앞서가면서 우리에게 전혀 새로운 세상을 보라고 묵언默言으로 말하고 있다. 아니다. 자신이 알고 있는 옛날이야기를 통해 새로운 세상을 열어 보여주고 있다. 이거야말로 온고지신溫故知新! 작가가 보여주는 세상은 아주 오랜 세상이지만 지극히 어리고 사랑스럽고 새로운 세상이다.

타고났음이다. 거기에 갈고 닦음이다. 부디 큰 작가가 되지 말고 좋은 작가가 되기를 바란다. 유명한 작가가 되지 말고 유용한 작가가 되기를 바란다. 끝내 명성에 몸을 기대지 말고 명예를 얻은 사람이 되기를 바란다. 지금처럼만 한 걸음 한 걸음 정성 들여 앞으로 나아간다면 분명히 그런 날이 오리라고 본다. 그리하여, 보다 많은 사람들에게 위로와 축복과 응원을 전해 주는 작가가 되기를 바란다.

오늘은 멀리 거제도에 있는 한 고등학교에 문학 강연을 다녀와 피곤한 날 저녁, 보내온 원고를 읽자마자 더는 참을 수 없어 서둘러 이 글을 써야만 했다. 오늘 나 한 사람 늙은 시인으로서 한글로 글을 쓰는 좋은 작가 한 사람을 찾아낸 것을 기뻐하거니와 이 기쁨이 다른 많은 독자들에게도 공통의 것이 될 것을 믿어 의심치 않는다.

한옥집 골목길,
그곳에 다시 서다

그날, 골목 끝에 섰다.

신기한 일이었다. 마치 내가 올 줄 알았다는 듯 양철 대문이 열려 있었다. 삐거덕대던 갈색 나무 대문과 청동 손잡이가 아닌 양철 문이 낯설었지만 아무려면 어떨까. 아직도 그 자리에 존재해줌이 감사할 뿐.

책 출간 후 한옥집에 다녀온 이들에 의하면 저 문은 늘 굳게 닫혀 있다 했다. 개 한 마리가 크게 짖고 무거운 돌 하나가 문 아래 버티고 있었다는데, 웬일인지 오늘 내 눈앞의 문은 활짝 열려 있다. 나를 기다리고 있었다는 듯. 오늘 이 순간만을 바랐다는 듯. 골목 끝에 서서 오래도록 한옥집을 바라보았다.

8년 만에 한국에 갔던 지난 2022년 여름. 북토크를 위해 오랜만에 공주를 방문했다. 이틀간의 일정이 끝나고 비로소 한옥집을 만날 수 있었던 시간. 오랜 장마 후라 후덥지근했지만 한적한 공주는 평화로웠다. 공주고등학교에서 한옥집을 향해 내려가는 길은 어린 시절 참으로 먼 길이었는데, 이제 몇 걸음 걷지도 않아 금세였다.

학교에서 돌아오면서 둘러보던 잡화상과 가게들을 기억해내며 한 걸음씩 되새겼다. 그리고 마침내 한옥집 골목 끝에 섰다. 한참을 그 자리에 서 있었다. 쉽사리 발걸음을 떼지 못했다. 똥싸배기가 되고 오줌싸배기가 되었던 곳. 울고 웃고 언니들과 뛰어다녔던 곳. 하지만 활기차던 골목길은 쓸쓸하고 외로워 보였다. 도립병원이 있던 왼쪽으로는 공주목 관아 관광지가 개발 중이었고, 나의 밤호수가 있던 공터는 아이들의 웃음소리가 사라진 쓸쓸한 곳이 되었다. 이곳을 너 혼자 오래도록 지키고 있었구나, 나의 한옥집. 마음이 애달파진다.

한 걸음 한 걸음 집을 향해 다가간다. 메밀묵 찹쌀떡 아저씨가 지나가면 창문을 열고 밖을 내다보던, 언니들과 나의 이야기 소리가 가득하던 그 오래전 창문을 지나 대문을 빼꼼히 열고 어린 수진이가 되어 들어간다. 그 문은 이 문이 아니지만, 둔탁하게 두드리던 손잡이는 아니지만, 울면서 웃으면서 들어서던 그 집도, 할머니가 계시는 집도 아니지만, 살며시 문을 열고 들어선다.

안녕, 나의 한옥집….

집 안이 어둡다. 들어가는 입구가 이렇게 어두웠던가. 언제나 시
끌시끌, 사람의 온기와 자연의 생명력이 가득하던 한옥집이었
는데, 마당에는 아무도 없고 방 안에서 인기척이 있다. 할머니의
방이 있던 곳 문을 두드리니 안에서 연세가 지긋하신 박 교수님
사모님이 나오셨다. 낯선 여자의 방문에 의아한 표정이시다.

"누구…?"

"저 수진이에요, 할머님. 오래전 이 집에 살았던 임진묵 씨 막
내딸…."

기억을 되살려내시는지 잠시의 침묵이 있다.

"누구? 수진이? …임진묵 씨 막내? 미국에 산다는? 그래그래.
기억하지, 막내딸. 똑똑하고 귀여웠지. 그애가… 이렇게…."

할머님의 눈가에 순식간에 눈물이 고인다. 까무잡잡한 80대
노인의 얼굴이 아이처럼 변한다. 아마 할머님은 나를 제대로
기억하진 못하실 것이다. 그러나 그 언젠가 손 한번은 잡아주
셨을 테지. 어린 시절 '니가 임진묵 씨네 막내딸이구나.' 하면
서 기특하게 등 한번은 두드려주셨을 테지. 그때의 아득하고
먼 기억으로 지금의 나를 알아봐주신 것일 게다.

"그래, 책 받았어. 이 집을 그렇게 생각했다고…."

고개만 끄덕이며 말을 못 잇는 내게 할머님은 미안한 듯 고개를 떨구신다.

"내가 너무 미안해…. 이 집을 잘 지켜주질 못했어. 지붕도 다 내려앉고 정원도 많이 망가졌지. 할아버지가 계속 누워 계셔 가지고…. 그래도 내년 봄에는 다시 씨도 뿌리고 꽃도 심고 하려고 해."

변명이라도 해야겠다 생각하셨던지 말끝이 떨린다. 할아버님이 방에 누워 계신 것을 보여주시려는 듯 안방을 가리키는 할머님의 손끝이 아프다. 80대와 90대의 두 노인이 이 집을 지켜내는 것은 쉽지 않았을 것이다. 거기에 할아버님은 오랫동안 병환 중이시라 했다. 오래전 많은 어른들이 함께 집을 가꾸고 아이들은 뛰어다니며 집을 살아있게 했지만, 사람이 없는 한옥집은 더 지켜내기 어려웠을 것이다.

집은 사람의 기운을 느끼기에 자신의 생의 주기를 사람과 함께 지켜오고 소멸해가는 것. 이 또한 한옥집의 운명의 한 부분.

"얼마든지 다 둘러봐. 집 안에도 다 들어가보고. 마음대로 둘러봐."

그 말을 기다렸던 나는 고개를 돌려 집을 바라본다. 세월을 되돌아 한옥집을 마주할 준비가 되었는지 두렵기도 하다. 아름

∘ ∘ ∘

드리나무가 가득하던 마당은 이미 자취가 없어진 지 오래인 듯했다. 나무가 없어 휑한 앞마당은 이미 텃밭이 되었고, 그 또한 관리가 제대로 되지 않아 무성한 잡초가 뒤덮여 있었다.

마당 뒤 옛 목욕탕 자리 앞에 기와가 높이 쌓여 있었다. 그 작은 목욕탕은 특별한 일이 있을 때만 불을 때고 물을 팔팔 끓여 씻던 곳이었다. 보통 때는 부엌 한쪽에 마련해둔 수도에서 간단히 씻고 주말에는 동네 목욕탕에 가곤 했다. 지금은 허물어져가는 낡은 건물이었지만 그 앞에 켜켜이 쌓인 기와들을 지지하는 벽이 되어주고 있었다.

저 기와들을 엄마가 참 아까워하고 아쉬워하셨지. 그게 '진짜 기와'라고. 오랜 시간이 흘러도 자태와 품격을 간직하는 기와. 그 기와가 제일 아깝다고. 하지만 결국 현대적 기와로 다 바꾸신 것은 관리하기가 힘들었던 탓이었을 것이다.

다행히 옛 기와는 버리지 않고 곱게 쌓아두셨다. 기와는 한옥의 마지막 생명이니까. 저 기와들은 아직도 오랜 시간 한옥집을 지켜왔던 사람들의 목소리를, 우리들의 시간을 기억하고 있을지 모른다. 툭 하고 떨어지던 가을 감의 둔탁한 소리를. 헌 이를 뽑아 멀리멀리 던지던 그날의 깔깔대던 웃음을 여전히 기억하고 있을지도. 아니 우리들의 부재를 여지껏 눈치채지 못했을지도.

집의 부재를 눈치채지 못한 기왓장
몇 개는 아직 제 삶인 양 허공에 떠 있다
저들은 원래 하늘에 속한 것이었을까
— 심재휘, 〈오래된 한옥〉 중에서

안방과 우리 자매들의 방이 있던 건넌채를 바라본다. 변해버린 외양에 마음이 아파온다. 세월의 무게에 주저앉은 모습은 마치 당당하던 키 큰 나무가 잘려나가 기둥만 남은 듯 안타깝다. 그러나 가까이 다가서니 아직도 그대로 간직된 흔적들이 보인다. 아빠가 다시 페인트칠을 한 뒤에 엄마가 색이 맘에 들지 않는다고 속상해했던 자줏빛 기둥. 수도 없이 오르내렸던 댓돌과 툇마루. 빛바랜 나무 복도. 댓돌 위에 얌전히 놓인 할머님의 고무 쓰레빠가 정겹다. 저 자리에 언니들과 나의 작은 신발들이 놓여 있었지. 바르게 놓지 않고 마구 벗어버린다고 엄마한테 잔소리를 꽤나 들었는데.

마음이 급해 대충 벗어던지고 올라가다 보면 신발 한쪽은 으레 툇마루 아래로 떨어져 있기 마련이었다. 우리 집 개들이 그걸 자기들 장난감인 줄 알고 더 깊이깊이 물고 들어가 영원히 한쪽이 사라져버린 일도 종종 있었고. 언제나 삐뚤빼뚤 짝이 안 맞는 신발들이 가득하던 곳.

○ ○ ○

투박하고 반질반질한 댓돌. 건넌채 위로 신발을 벗고 올라선다. 가만히 기둥을 쓸어보고, 복도의 바닥에 손을 대고 한참을 느낀다. 이곳저곳 삶의 편의를 위해 손보셨지만 전체적인 구조와 뼈대는 그대로다. 완전히 바뀌었을 줄 알았는데….

한옥집 안에 들어와 보는 건 근 30년 만이다. 할머니까지 이 집을 떠나신 후 처음이다. 언제나 밖에서만 보고 갔을 뿐 안에 들어올 생각은 감히 하지 못했다. 내게도, 한옥집에게도 용기가 필요했고 시간이 필요했다. 어쩌면 오늘 이 시간은 이미 준비되어 있던 바로 그 순간이다.

안방과 우리들의 건넌방을 둘러본다. 갑자기 시계가 거꾸로 돌아간다. 깨끗하고 오색창연하던 한옥집이다. 큰방마님 할머니가 계시고, 이 커다란 집의 살림이 착착 돌아가던, 나무와 꽃이 우거지고 수없이 많은 이야기들이 공존하던 그 시절의 한옥집. 문득 어디선가 어린 수진이와 언니들의 소근소근 말소리가 들린다. 소리는 점점 커져 자매들의 웃음소리가, 속삭이는 비밀 얘기가, 그 시간들이 짙게 다가온다. 나를 부르던 엄마의 목소리와 한옥집의 여름과 한옥집 밤의 속삭임과 어린 나의 꿈들이. 막내를 부르는 할머니 소리와 친구들의 수선스런 목소리가, 언니들의 재잘재잘 소리가 들린다. 심장이 쿵쿵댄다. 기억이 회오리친다. 눈물이 차오른다.

사라지지 않았다.

사라진 이야기가 아니었다.

아직도 내 안에 그대로 존재하고 있었던 곳.

그대로 존재하고 있던 이야기.

여기는 나의 원점.

나의 시작이자 나의 끝.

인사를 하고 다시 뵐 것을 기약하며 집을 나서는 길. 귓가에 수진이와 자매들의 소리가 여전히 웅웅댄다. 한옥집이 내게 말을 건다. 고마워 수진아, 나를 잊지 않아줘서. 다시 돌아와줘서. 많은 이들에게 우리의 추억을 들려줘서. 고맙다고 말하는 나의 오랜 친구. 한옥집의 목소리를 듣는다. 쉽게 떨어지지 않는 발걸음을 옮긴다. 어쩌면 이제는 진짜 이별을 할 수 있을지도 모른다고 생각한다.

고마워.

그리웠어.

나의 한옥집.

안녕.

그 시절 내가
가장 사랑했던 친구에게

오래전 임용고시를 위해 날마다 도서관으로 출근하던 시절이 있었다. 20대 한창의 아가씨가 얼굴에 뾰루지가 나고, 부스스한 머리는 질끈 묶고, 추리닝 하나로 1년 365일을 버티던 시절이었다. 그렇게 원하던 국어교사가 되고, 아직도 열정만 가득한 채 헤매던 그때, 덜컥 미국에 오게 되었다. 잠깐의 휴직이 영원한 휴직이 될 줄 몰랐다.

'미국에 올 거였음 뭐 하러 그 고생을 하고 시험을 보게 했어!'라며 잠시잠깐 남편을 원망하기도 했지만, 사실 나는 그 시간을 후회하지 않는다. 그 시간이 없었다면 수능을 위해서만 공부했던 수없이 많은 국어 교과서의 작품을 다시, 제대로, 만나지 못했을 것이다. 그리하여 나는 열람실의 불빛을 마지막까지 밝히던 그 시간들을 후회하지 않는다. '국어교사'는 아직도 내 삶의 기둥이며 앞으로도 그러할 것이므로.

두고 온 삶을 뒤로 하고 이방인의 삶으로 살아가던 어느 날, 그 저 이대로도 괜찮다 싶던 어느 날, 병이 도졌다. 아니 중병이 시작됐다. 가슴이 먹먹한 병. 그리운 게 많아서 죽을 것 같은 병. 보고픈 이들이 많아서 마음이 터질 것 같은 병. 코로나 때문에 마음대로 오갈 수도 없고, 만날 수도 없는 이 먼 곳에서 내가 할 수 있는 일은 그저 하나, 글을 쓰는 것뿐이었다. 그리고 글을 써야 한다면 반드시 이 이야기를 하고 넘어가야 했다. 그 시절 내가 사랑했던 친구, 나의 한옥집에 대해. 이 이야기를 하지 않고서는 다음 걸음을 내딛을 수 없을 것 같았다.
사랑하는 책《빨강머리 앤》에서 앤이 그린게이블즈에서 사랑을 받고 꿈을 꾸고 나서 세상을 향해 걸어 나갔듯 나 역시 나의 꿈을 키워준 곳, 한옥집 이야기를 풀어놓지 않고서는 한 걸음도 더 나아갈 수 없다고 느꼈다. 그렇게 주섬주섬 이야기를 꺼내 블로그에 '한옥일기'라는 이름으로 연재를 시작했고, 첫 번째 스토리로 '뒷간 이야기'를 선보였다. 감사하게도 '그 시절 그 공간에 가 있는 것 같다.'라는 이웃들의 댓글이 이어졌고, 그 반응에 힘입어 계속해서 써 내려갈 수 있었다.

○ ○ ○

중학교 3학년 때였던가. 백일장 대회의 주제라며 선생님께서 칠판에 적어주신 것은 '내가 사랑하는 것들'이었다. 그 글자를 보고 있는데 갑자기 눈물이 고였다. 그리고 나는 내가 사랑하던 그 시절, 한옥집과 함께 하던 그 이야기를 써 내려갔다. 그 순간 나는 깨달았던 것 같다. 그리움을 글로 쓰면 마음에 위로가 된다는 것을. 글로 쏟아낸 그리움은 아픔도 아름답게 한다는 것을. 그래서 다른 이들이 미래를 바라보고 내일을 준비할 때, 나는 옛 시절을 그리워하고 어제를 그리워하며 '추억'이 되어버릴 지금을 그리워한다. 그 안에서 힘을 얻고 다시 내일을 살아갈 원동력을 얻는다. 그리고 우리가 잃어버린 이야기를 글로 쓴다. 나는 오늘도 '그리움의 작가'가 되기를 바란다.

'안녕 나의 한옥집'에는 옛 시절의 이야기도 있지만, 실재하는 세계 사이사이의 시간과 공간에 대한 유년의 환상 또한 존재한다. 한옥집의 신비로운 이야기로 시작되어 종적 횡적 인물들의 이야기, 그리고 한옥집을 둘러싼 마을과 고장의 이야기로 확장된다. 그 공간과 시간으로부터 나는 몹시도 멀리 있으나 보이지 않는 시간, 존재하지 않는 공간은 추억이 되어 나를 더욱 가깝게 한다. 그리하여 나의 마음 중 가장 애틋한 마음 하나는 저 먼 곳, 먼 시간에 두고 있다. 아름다웠던 나의 고향 공주, 지붕이 곱던 한옥집이 있는 그곳에 말이다.

차례

1.

한옥집과 나 | 세계로 한옥집의

2.

3.

한옥집과 공주 이야기

한옥집을 나와 거리에서다

4.

한옥집이 써내려간 이야기

한옥과 집

한옥집의
세계로

한옥집과 나

1.

골목을 지나
나의 한옥집으로

골목길 。

그 골목길 끝에 한옥집 대문이 있었다.

골목이 시작되는 곳에만 서도,
'아, 드디어 집에 왔구나' 마음이 놓이던 곳.
저절로 다리에 힘이 풀려
오줌싸배기가 되고
때론 똥싸배기가 되었던 곳.
한옥집 골목길.

○ ○ ○

그 끝에 갈색 대문이 있었다.

골목 끝까지 달려가서 한번쯤 잡아보고 싶은 청동 손잡이.

끼익 소리 내어 밀어보고 싶어지는 낡은 문.

누구라도 한번쯤 들어가 보고 싶게 하는 다정한 흙 담벼락.

그 안에 나의 세계가 있었다.

골목길은 늘 분주했다.

도립병원 담을 끼고 있어 병원의 분주함이 전해지고,

반대편에는 골목 집들의 낮은 담이 정다운,

와글거리고 시끌벅적하던 골목길이었다.

자전거를 타는 아이들이 있었고,

리어카를 끌고 다니는 아저씨들이 있었고,

아침이면 교복 입은 하숙생 언니오빠들이 바삐 걸어가던 길.

여름날 저녁이면 골목길에 모기약 차가 연기를 뿜고,

한 달에 한 번인가 똥차가 돌면

지독한 냄새가 골목에 가득했다.

어른들도, 아이들도, 병원 담벼락도, 나무들도

각자의 이유로 분주한 골목길이었다.

밤이 되면 무섭도록 고요한 골목길이었다.

때때로 나는 길을 잃었다.

그 작은 고장에서도 길을 잃고 멀리 헤매다 들어온 적이 있다.

초등학교 1학년 때 저 멀리 장기든가

외곽에 사는 양계장 친구네 집에 놀러갔다가

집과 반대쪽으로 가는 버스를 타버렸다.

멀리멀리 간 후

눈물콧물을 빼며 기사 아저씨에게 물었다.

"여기가 서울이에요?"

맘씨 착한 아저씨가 원래 자리로 데려다 주셨고

집으로 향하는 버스를 타고 돌아왔다.

그날

어둑어둑해져서야 나는 골목 끝에 섰다.

대문이 보였다.

다리에 힘이 풀렸다.

흙바닥의 긴 골목길은

그렇게 나를 감싸주었다.

이제 집에 다 왔다고.

이제 마음 놓으라고.

친구와 싸우고 집에 오던 날,
돈을 잃어버리고 울며 오던 날도,
아파서 조퇴하고 돌아오던 그날도,
골목길에 서면 마음이 편안해졌다.
어서 뛰어가서 저 손잡이를 잡고
삐거덕거리는 문을 열고
고단함을 안아주는
한옥집의 품으로 들어가자.

할머니가 있는 따뜻한 곳으로.
나의 나무와 꽃들이 있는 곳으로.
나의 세계로.

이보다 강렬한 곳이
또 있을까

뒷간 이야기 。

나에게는 지금도 눈을 감으면 마치 오늘인 듯 보고 느끼고 만질 수 있는 곳이 있다. 커다란 나무 대문을 열고 들어가 훤하게 돌아다니고, 응석을 부리고, 오만 참견을 다 하고 다니고, 언니들을 쫄래쫄래 따라다니는 곳이 있다.

나의 고향.

나의 고향집.

ㄷ자형 한옥집.

당시 주소, 충청남도 공주군 공주읍 중동 323번지.

전화번호 2국에 4204.

미국 감리교재단에서 아이들을 위해 설립한 공주사회관과 담벼락을 공유한 집이자, 도립병원의 바로 뒤 기와집. 철마다 마당 가득 꽃이 피고, 정다운 나무들이 아름드리 우거져 그 위에서 책을 읽던 나의 어린 날이 있는 곳. 젊고 아름다운 엄마와 아빠가 있고, 다정했던 할머니가 계신 곳. 진돗개 한두 마리와 두 언니들, 그리고 친척들과 이웃들이 복작거리던 한옥집.

나는 그곳을 지금인 듯 느낀다. 대문을 열고 들어가면 오늘도 한옥집의 세계를 만난다. 세월이 흘러도 사라지지 않고 내 안에 살아 있는 고향집의 따뜻한 향내를 느낀다.

그중에서도 가장 강렬한 곳 이야기를 시작하려 한다. 한옥집 전방 10미터 앞에서부터 족히 그 아우라를 느낄 수 있는, 좀처럼 범접하기 쉽지 않은 장소. 심상치 않은 분위기와 냄새에 이미 취해버릴 것 같던 공간. 바로 뒷간이다.

뒷간은 한옥집의 부엌 뒤쪽 구석에 독채로 있었다. 대문을 열자마자 꺾어지지 않고 죽 걸어 들어가면 으슥한 뒤쪽에 마련되어 있던 고요한 장소. 나는 무섭기도 하고, 부엌에서 퍼지는 고소한 밥 냄새와 섞인 희한한 뒷간 냄새가 싫기도 해서 언제나 그 언저리를 최대한 피해 다녔다. 뒷마당으로 가야 할 때도 일부러 반대쪽으로 멀리 돌아가는 수고를 감내하곤 했다.

다행히 막내였던 나는 언니들에 비해 뒷간 이용 나이를 조금
은 늦출 수 있었기에 유치원에 다닐 때까지도 마루에서 토끼
변기를 이용하곤 했다. 언니들이 이미 뒷간을 익숙하게 다닐
때도 토끼변기를 끌어안고 당당하게 그 특권을 만끽했다. 그
러나 어느새 나도 엄마와 할머니의 강한 압력 – 뒷간을 이용할
때가 되었다는 – 을 느끼고 있었는데, 그 부담과 두려움은 꽤
큰 스트레스가 되었다. 어떻게든 낮에는 넓은 집 안 구석구석
을 찾아다니며 몰래몰래 해결하고, 밤에는 요에 실례를 하는
횟수가 점점 늘어났다.

"오줌싸배기가 시집을 갔어?"

"오줌싸배기가 아들을 낳았다고?"

지금도 고모부는 내 소식만 들으면 나의 정체성이 오줌싸배기
임을 강조하곤 하신다. 초등학교 입학 이후까지 이불에 지도를
그리곤 했던 내 흑역사는 이리하여 나이 사십이 되어도 꼬리
표처럼 따라다니는 것이다. 그러나 뒷간을 이용하느니 차라리
'오줌싸배기'로 남고자 했던 나의 처절한 투쟁을 그 누가 알랴.

우리 집의 뒷간으로 말하자면, 다정하고 화사한 한옥집의 풍
경과 달리 그곳만은 으스스한 외관을 갖추고 있었다. 왜 그렇
게 뒷간들은 모두 으스스한 걸까? 마치 뒷간은 반드시 그래야

한다는 불문율이라도 있는 것처럼.

문을 열고 들어가서 기다란 손잡이가 달린 나무 뚜껑을 치우면 회색 시멘트 바닥에 네모난 구멍이 뚫려 있다. 다리에 힘이 풀리면 아래 똥통으로 똑 떨어지지 않을까 걱정을 해야 하고, 한쪽 구석에는 할머니가 정성스럽게 직사각형 모양으로 잘라놓은 신문지가 바구니 안에 차곡차곡 담겨 있는 모습이었다. 당시에 유행했던, 아니 고전이 되어버린 뒷간 공포 시리즈. 화장실 구멍에서 시커먼 손이 쑥 나오고 '빨간 휴지 줄까, 파란 휴지 줄까' 뭐 그런 것들을 굳이 물어보는 귀신이 살고 있음에 분명했다.

그러니 어떻게 뒷간을 이용할 수가 있었겠는가. 〈전설의 고향〉을 그리 좋아하면서도 정작 귀신이 살고 있을 뒷간은 갈 수 없는 것이 어린 나의 현실이었던 것을. 그리하여 요를 빨아 널어야 하는 날이 늘어나고, 집 구석구석에서 정체를 알 수 없는 지린내가 진동을 하는 것이 밝혀지며, 할머니께서 총대를 메고 나의 '뒷간 훈련'을 담당하겠다고 선언하셨다.

학교에서 돌아오면 나는 할머니가 특별히 준비하신 기다란 막대기를 하나 들고 뒷간으로 들어갔다. 할머니는 밖에서, 나는 안에서 그 막대기의 양쪽 끝을 붙잡고 앉아서 시간을 보내는 것이다. 그러면서도 무섭고 불안해서 끊임없이 "할머니, 할머니! 막대기 놓으면 안 돼!"를 외쳐댔다. 마치 수영을 처음 배울 때 손을 잡아주던 선생님이 손을 놔버릴까, 그래서 물속으로 빠질까 두려워하는 아이처럼.

할머니가 막대기를 놓으면 가운데 구멍으로 쏙 빠져버릴 것만 같은 두려움이었다. 볼일을 보는 것보다 막대기를 놓칠까 더 조마조마한 나머지 볼일을 봤는지 안 봤는지도 모르고 나온 적도 있었다. 그저 네모난 어둠의 구멍 안으로 빠지지 않는 것이 지상 최대의 과제였다.

어찌 됐든 간에 임무를 완수하고 나오면 할머니는 커다란 눈깔사탕 하나씩을 벽장에서 꺼내주곤 하셨다. 그렇게 성공한 날에는 얼마나 어깨를 으쓱하며 식구들에게 자랑자랑을 하곤 했던지. 그렇게 온 집안사람들의 칭찬과 과도한 관심 속에서 뒷간 훈련을 마친 나는 다행히도 그 후로는 뒷간을 애용하곤 했다. 엄청나게 어려운 성년식의 관문을 통과하여 그제야 어른이 된 듯한 기분이었다.

그리고 그 안에 앉아 있으면 제법 편안하다는 것, 혼자만의 고요한 시간을 느낄 수 있다는 장점도 차차 알게 되었다. 휴지 대용으로 할머니가 반듯반듯하게 잘라둔 신문지 조각을 들여다보며 전체 내용을 짐작해보기도 하고, 최신 동향을 살피는 척하는 센스까지 갖추게 되었다. 사실 제대로 읽지도 못했지만.

안타깝게도 몇 년 안 있어 나는 더 이상 뒷간을 이용할 일 없는 아파트로 이사를 갔고, 빨간 휴지와 파란 휴지를 골라서 내어주는 친절한 귀신이 살던 뒷간도 더는 갈 일이 없게 되었다. 그럴 줄 알았으면 훈련하지 않고 좀 더 버틸 걸 그랬나 보다.

별이 가득했던 한옥집 앞마당의 밤하늘이 그리운 것처럼,
부엌의 커다란 가마솥에서 번지는
고소한 밥 냄새가 그리운 것처럼,
"서 있으면 복 달아난다."
잔소리 듣던 할머니 방 문지방이 그리운 것처럼,
한옥집 뒷간도 그리울 때가 종종 있으니
추억은 뒷간마저 그리움을 잔뜩 뿌려놓은 모양이다.

까치에게
헌 이를 남기지 못한 자의 저주

유치가 빠질 때 즈음 。

언니들이 학교에 가고 엄마아빠가 직장에 나가시면 집 안은 온전히 나만의 왕국이었다. 할머니와 복렬 언니를 쫓아다니고, 나무 위에 올라가서 책을 읽고, 할머니 방의 벽장 속에 들어가서 엿가락을 훔쳐 먹기도 하는 시간들. 그렇게 자유롭던 시절의 나에게 다가오던 또 하나의 공포는 바로 유치가 흔들리는 것이었다. 이가 흔들리기 시작하면 나는 집 안 구석에 숨어서 특별한 작업에 열중하기 시작한다. 엄청난 사명을 홀로 짊어지고.

그 누구의 눈에도 띄지 않게,

그 누구도 나의 이가 흔들린다는 사실을 눈치 채기 전에,

어서 이 이를 빼내야 한다는 필살의 사명.

도대체 그 시절의 우리는 왜 이가 흔들리면 실에 묶어 빼내야
만 했던 걸까? 언니들을 통해 몇 번이나 그 과정을 본 기억이
있었다. 할머니의 실 묶기. 가차 없이 이어지는 이마 때리기와
실 끝에 대롱대롱 매달린 자그마한 이. 그다음 아빠가 그것을
'헌 이 줄게, 새 이 다오'의 가락에 맞춰 멀리멀리 지붕 위로 날
려보내는 의식.

이 일련의 의식들은 언니들이 하는 걸 구경할 때는 재미나고
두근두근하지만, 내 상황이 되면 완전히 달라지는 얘기다. 한
마디로 공포 그 자체. 입 안에 실을 묶고 이마를 때리며 빼버
리다니! 이건 상상도 할 수 없는 일이다. 그러나 모두 알다시
피 이가 흔들리기 시작하면 밥을 먹기도 불편하고, 잘 씹지도
못하니 아무래도 티가 날 수밖에 없다. 그러면 나는 또 시치미
딱 떼고 아니라고, 이는 하나도 흔들리지 않는다고 우기곤 했
지만 할머니의 예리하고 날카로운 직감은 도저히 피해 갈 수
가 없었다.

그날도 아마 몇 번째인가의 유치가 흔들리고 있을 때였다. 이미 두어 번 어른들의 눈을 피해 혼자 이를 뺀 경험이 있었기에 자신감을 갖고 몰래 이를 흔들고 있을 때였다. 하지만 매의 눈을 지닌 할머니는 아침밥을 먹는 내내 내가 뭔가 이상함을 눈치 채셨고, 이미 하얀 무명실까지 준비해놓고 나를 할머니 방으로 부르셨다.

할머니의 반짓고리에 있던 하얀 무명실은 언제나 나에게 포근함을 주었다. 빳빳하게 풀을 먹여 다듬이질을 한 새하얀 이불 홑청을 방 안 가득 펼쳐놓고 무명실을 대바늘에 끼워 꿰매시던 할머니의 모습을 나는 좋아했다. 햇빛을 머금은 이불 위에 올라가 있다가 방해되니 얼른 내려오라 혼이 나면서도 그 느낌을 즐겼다.

바로 그 무명실을 치마폭 아래 숨겨놓고 할머니는 나를 부르셨다. 이가 흔들리나? 얼마나 흔들리나? 뒤에 덧니가 생겼나 안 생겼나 보기만 하자고. 누워보라고. 결국 유인에 넘어간 나는 할머니 무릎을 베고 누웠고, 그때 할머니 손에서 나온 무시무시한 무명실.

"싫어, 싫어, 할머니! 나 이 안 뺄 거야!"

"안 빼면 큰일 나! 이가 다 삐죽삐죽해져서 도깨비처럼 되면 어쩌려고!"

"그래도 싫어! 안 뺄 거야!"

그렇게 실을 감으려는 자와 도망치려는 자 사이의 실랑이는 계속되었고, 그 순간 할머니의 손에 잡힌 나의 이는 실을 감기도 전에 쑥! 빠져나와 내 입 속으로 꿀꺽!

그 순간의 정적을 나는 지금도 기억한다.

할머니와 나.

순간 둘 다 아무 말도 하지 못하고 잠시 정적.

그리고 밀려온 공포.

'아, 나는 이제 죽는구나.

학교도 못 가보고 나이 여섯에 이렇게 가는구나.'

왕방울 만한 눈물을 뚝뚝 흘리며 마루로 나가 학교에서 수업을 하고 계실 엄마에게 전화를 걸었다. 이제 곧 나는 죽는다고, 엄마가 학교에서 돌아올 때까지 살아 있지 않을 수도 있으니 전화하는 거라고.

얼마나 울었는지 모르겠다. 대성통곡을 하며 울어본 인생의 첫 기억이다. 엄마가 죽지 않는다고 이야기해주고, 할머니가 아무리 달래도 나의 공포는 쉽사리 사라지지 않았다. 나는 왜 이를 삼키면 죽는다고 생각했던 걸까?

이후로도 아빠는 종종 놀리곤 하셨다. "수진이는 밥 안 씹어도 돼. 뱃속에 가면 삼킨 이가 다 씹어줄 거야."라고. 그 말도 나는 한동안 믿었다. 뱃속에서 그 이가 싹을 틔우고 열매를 맺어 또 다른 이빨들과 함께 괴물같이 커다랗고 삐죽삐죽한 입을 만들고 있는 무서운 상상도 따라다녔다.

그것은 까치에게 헌 이를 던지지 못하고 뱃속에 남긴 자의 저주와 같이 무섭고도 오묘한 세계였다. 한옥집 안에 실재하던 신비의 세계 말이다.

집에 오는 길은
때론 너무 길어

똥싸배기 이야기 。

그날은 학교에서부터 상태가 썩 좋지 않았다. 배가 살살 아픈 것이 화장실에 가서 볼일을 봐야 할 것 같았다. '에이, 조금 참았다가 얼른 집에 가서 해결해야지.' 하고 일단은 참았다. 그런데 학교가 끝날 때쯤엔 꽤 배가 아파왔다. 안 되겠다 싶어 얼른 책가방을 챙겨 친구들보다 앞서 집을 향해 나섰다.

학교에서 집에 오는 길은 어린 나에게는 꽤나 먼 길이었다. 우선 공주교대와 같이 붙어 있던 학교 둘레를 빙 돌아 나오는 것부터 오래 걸렸고, 그 뒤로 플라타너스 나무길을 지나 제민천을 따라 한참 내려와야 했다. 제민천 다리를 두 개쯤 지나고 조금 더 걸으면 한옥집 골목길에 다다른다.

배와 다리에 힘을 주고 걸으며 학교 지났고, 나무길 지났고, 첫 번째 다리 지나~려는데…. 어머나! 작년에 전학 간 친구가 걸어오는 게 아닌가. 내 이름을 부르며 반갑게 뛰어오는 친구.

"수진아!"

"어, 그래. 반가워!"

인사를 했지만 꾸루루루룩 뱃속에서는 난리가 나기 시작했다. 얼굴이 파래져서 친구랑 이야기를 나누는 둥 마는 둥 하고 다시 집을 향해 빠르게 걷기 시작했다.

계절이 바뀌는 제민천은 제법 물이 불어 있었다. 가끔 여름에 물이 많이 불면 다리 대신 돌 징검다리를 건너는 아이들이 종종 있곤 했다. 난 무서워서 한 번도 그래본 적은 없지만.

첫 번째 다리를 지나면 그 옆으로 엄마 친구네 마리아 수예점도 있고, 내 친구들의 집도 있었다. 그날 따라 마리아 아줌마가 누굴 기다리시는지 문 앞에 서 계셨다. 다른 때는 늘 닫혀 있던 문이었는데….

"수진이 학교 갔다 오는구나."

"네, 아줌마."

인사도 하는 둥 마는 둥. 다리를 꼬며 걸음을 빨리 했다. 아줌마가 한 마디라도 더 말을 걸까 두려워하며.

이제 두 번째 다리가 보인다. 두 번째 다리를 건너려는데 왜, 도대체 왜 지금 하필! 다른 날은 누굴 만나고 싶어도 그렇게 안 만나지는데! 오늘은 왜 또! 지난 학기 학교에 오셨던 교생 선생님이 오고 계셨다. 얼마나 보고 싶었던 교생 선생님인데! 아무리 급하기로서니 선생님을 모른 척하고 갈 순 없었다.

"선생님!"

"어머! 수진아!"

나를 기억하시는 선생님과 이런저런 이야기를 나누었다.

교생 선생님이 가실 때 아이들 사이에서는 한창 색깔물 만들기가 유행이었는데, 엄마의 다 쓴 화장품 통 속에 곱게 섞은 여러 가지 색깔물, 말하자면 물감을 탄 물을 넣는 것이었다. 그렇게 만들어낸 갖가지 색의 새로운 화장품은 얼마나 예뻤는지, 아이들은 서로 더 예쁜 색깔물을 만들었다고 자랑하곤 했다. 나도 그렇게 몇 통인가를 만들어서 교생 선생님 이별 선물로 드렸는데, 선생님이 과연 그 선물을 어떻게 생각하셨는지 몹시 궁금했다. 그걸 지금까지 간직하고 계실지도.

묻고 싶은 게 너무너무 많았는데 점점 더 급해져서 제대로 물을 수가 없었다. 머리끝부터 발끝까지 힘을 주고 있었지만, 이젠 정말 다리 사이로 삐져나올 것만 같았다. 어떻게든 선생님과 이야기를 끝내고, 겨우 두 번째 다리를 지나 이제 조금만 더

가면 집이다. 휴우~

'잘 참았다!'

그렇게 드디어 우리 집이 보이는 골목 끝에 들어섰다. 이렇게 집이 반가울 수가! 드디어 여기까지 왔다는 안도감과 만족감에 휴~ 크게 한숨을 쉬는 순간!

뜨거운 것이 다리 사이로 흘.러.내.렸.다!

하늘색 바지 양쪽으로 뜨끈한 느낌이 퍼지는 순간 온몸에 곤두서 있던 힘이 스르륵 풀리고 모든 희망도 꺼져버렸다. 그토록 고통스럽게 참으며 여기까지 왔건만 정녕 똥싸배기가 되고 말았다는 자괴감. 이 엄청난 사태에 대한 좌절과 부끄러움. 작은 머리에 온갖 괴로운 생각들을 지닌 채 어기적어기적 집을 향해 기어갔다. 뜨거운 그것과 함께 눈물도 볼을 타고 흘러내렸다.

평소 그렇게 사랑스럽던 갈색 대문은 온통 절망으로 시커매 보였고, 다정했던 골목길은 그토록 길고 멀게 느껴졌다. 가는 도중 어느 이웃이라도 만날까 두려워하면서 다리를 질질 끌고 집으로 들어갔다.

"할머니…."

믿을 데라곤 할머니뿐.

대문을 열며 나는 큰소리로 울어댔다. 놀란 할머니가 나를 보더니 어이없으신지 한참을 쳐다보았다. 바지 사이로 정체불명의 것이 질질 흘러내리자, 그제야 할머니는 나에게 달려들어 바지를 벗겨내고 부엌 끝 수돗가로 데려가 씻겨주셨다.

"다 큰 지지배가 이게 웬일이랴!"

정말이지 다 큰 애가 똥싸배기가 되었건만, 할머니는 그 한 마디로 마무리하셨을 뿐 그저 억센 손과 비누로 엉덩이를 박박 문질러 대셨다. 내 피부까지 다 벗겨낼 듯이 진짜 박!박!

한동안 엄청난 똥냄새가 대문부터 시작해 부엌까지 가득했고, 나는 두고두고 언니들의 놀림감이 되었다. 그리고 이토록 오랜 시간이 흘렀건만 그날의 고통스러운 하굣길과 하늘색 바지에 흘러내리던 뜨거운 느낌은 마치 어제 일처럼 생생하기만 하다.

그렇게 언니는
완전범죄를 꿈꾸었지만

세 자매 그리고 사진기 사건 。

큰언니는 여왕벌이었다. 집에서도 동네에서도 학교에서도. Queen Bee. 인기도 많았고, 얼굴도 예뻤고, 큰딸이라서 엄마아빠가 물심양면 지원을 아끼지 않았다. 심지어 이름까지 '구슬'이라 특이하고 예뻐서 우리 동네에서 큰언니를 모르는 사람이 없었다. 뭐 그랬다고들 한다. 그런 건 나랑 상관없었지만 어쨌든 나에겐 측천무후 같은 무서운 언니였다.

큰언니가 태어나고 두 해 후 작은언니가 태어났을 때, 비록 두 살이었지만 이미 '이 구역의 여왕벌'이었던 큰언니는 그토록 아기에게 질투가 많았다고 한다. 어느 날 엄마가 보니 큰언니가 병뚜껑을 작은언니 눈에 넣고 있더란다. 엄마가 얼마나 놀래 나자빠지셨을지!

"넌 언니니까 참아야지." 말만 꺼내면 "넌 언니니까, 언니니까! 난 그 말이 제일 듣기 싫어!" 하면서 소리치더라는 큰언니. 엄마아빠는 동네 아이들 전부를 큰언니에게 맡기곤 했는데, 나는 그게 정말 싫었다. 언니는 꼭 다른 애들한테는 잘해주고 예뻐하면서 막내인 나는 항상 찬밥 신세를 만들었기 때문이다.

언니네 학교 선생님 딸이었던 아이가 오는 날은 더 싫었다. 공주놀이를 하면 꼭 그 애가 공주가 되었다. 내가 제일 좋아하던 공주님 놀이. 집에 있는 한복을 모두 곱게 차려입고, 할머니 방 아랫목을 궁전 삼아 벽장에 올라앉은 다음 "여봐라, 먹을 것 좀 내오너라." 주문을 하면서 나는 시녀를 시켰다. 나도 한복 입고 장옷 걸치고 공주 노릇 하고 싶었는데, 큰언니는 꼭 선생님 딸이었던 그 쪼그만 아이에게 공주 자리를 주었다.

공주놀이는 할머니 방에서 하는 것 말고도 다른 방법이 있었다. 건넌방 피아노 건반에다가 이불을 천막처럼 올려 뚜껑을 덮은 다음 피아노 아래로 들어가는 것이었다. 그곳은 꽤나 근사한 우리의 궁전이자 아지트였다. 어쨌든 그 놀이에서도 나는 늘 꼬맹이였고 찬밥 신세였다. 뭐, 천하의 여왕벌 명령을 감히 거역할 순 없었다. 놀이에 끼워주는 것만도 감지덕지했으니까. 그게 영원한 시녀 인생의 시작이었다.

상황이 그렇다 보니 나는 작은언니를 꼭 붙잡고 다닐 수밖에. 여왕벌 큰언니와 달리 작은언니는 나의 목숨줄이었다. 놓치면 죽는다!

우리 세 자매는 두 살 터울이다. 온 동네에서 유명한 여왕벌 큰언니. 동생과 잘 놀아주고 동네 오빠들의 귀염둥이였던 작은언니. 아무 생각 없는 말괄량이 사고뭉치인 막내 나. 큰언니는 특별한 때가 아니면 나랑 놀아줄 군번이 아니었고, 작은언니는 귀찮았겠지만 그래도 어디든 날 데리고 다니고 같이 놀아주었다. 그러므로 나는 작은언니를 놓치면 절대 안 되었다.

언니가 친구들과 고무줄놀이를 해도 끼어서 하고, 세발자전거를 타러 가도 어떻게든 끼어서 같이 배워야 했고, 소꿉놀이를 하면 아기 역할로 끼고. 안 데려가면 엄마한테 이르고. 지금 생각해보면 얼마나 귀찮고 때론 징글징글했을까 싶다. 거기에 칠칠맞아서 어딜 가면 뭐라도 놓고 다니는 막냇동생 때문에 작은언니는 여기저기 내 뒷수습하러 다니기에 바빴다. 그럼에도 언제나 나의 가장 좋은 친구가 되어주는 착한 언니였다. 아, 가끔씩 아무도 못 말리는 고집불통이 될 때만 빼고.

어느 날 우리 집에 새 사진기가 생겼다. 카메라도 아니고 사진기. 그 당시만 해도 컬러 사진기가 흔할 때가 아니었는데, 나름 얼리어답터였던 우리 아빠가 아주 따끈따끈하고 묵직한 빨간색 일제 사진기를 들고 오신 것이다.

사실 우리는 사진기가 뭔지 잘 알지 못하던 때였다. 하지만 그날 저녁 아빠가 들고 온 반짝거리는 사진기는 우리의 호기심을 사기에 충분했다. 얼마나 멋지고 근사해 보였는지! 아빠는 우리에게 사진기 자랑을 실컷 하시고는 이렇게 말했다.

"다음에 놀러갈 때 가지고 가자. 필름까지 다 껴뒀거든. 이거 비싼 거니깐 너희는 건드리면 안 돼. 알겠지?"

말 잘 듣는 우리 세 자매가 아빠 말씀을 안 들을 이유가 있겠는가. 그렇게 아빠는 사진기를 안방 서랍 제일 밑에 고이 모셔놓았다.

그리고 다음 날 아침, 엄마아빠는 모두 나가시고 큰언니는 학교에 가고 할머니와 우리끼리 있을 때 작은언니가 물었다.

"수진아, 심심하지? 우리 재밌는 거 하고 놀까?"

"그래! 뭐 하고 놀지?"

"우리 사진 찍고 놀까? 아빠가 어제 사 온 사진기!"

"아빠가 그거 숨겨놨잖아!"

"나 어딨는지 알아."

그러더니 언니는 안방에 가서 반짝반짝하는 새 사진기를 들고 나왔다. 호기심에 침을 꿀꺽 삼킨 나는 약간의 두려움을 느끼며 언니에게 말했다.

"아빠가 건드리지 말랬는데…."

"몇 번 찍어보고 갖다놓으면 돼. 걱정 마."

언니의 호기롭고 당당한 말투에 걱정은 사라지고, 그때부터 나의 생애 첫 사진 모델 경험이 시작되었다. 언니의 모델은 나 하나였지만, 온 집 안에 찍을 배경은 많았으니 얼마나 재밌었겠는가. 언니는 나를 데리고

"웃어봐!"

"브이, 해봐." (어디서 본 건 있어가지고)

하며 각종 포즈를 주문하면서 끌고 다녔다. 마당에서, 방에서, 나무 위에서. 찰칵찰칵! 그 소리가 그렇게 재밌을 수가 없었다. 낄낄대며 신나게 사진을 찍고 나니 더 이상 찰칵 소리가 나지 않고 필름 돌아가는 소리가 윙~ 하고 났다.

"뭐 잘못된 거 아냐?"

무서워진 언니와 나는 얼른 다시 안방 서랍 속에 사진기를 고이 모셔다 놓았다. 아무 일도 없었던 듯 시치미를 뚝 떼고. 완전범죄를 꿈꾸며.

그렇게 며칠인가 몇 달인가가 지났다. 어느 날 아빠가 사진기를 꺼내 오셨다. 작은언니와 나는 이미 우리가 작당한 짓에 대해서도 까맣게 잊고 있었다. 그런데 아빠가 엄마에게 이렇게 말했다.

"어, 이상하다. 왜 필름이 안 돌아가지? 여보, 당신이 사진기 썼어?"

"아뇨, 전 만지지도 않았는데…. 이상하네. 필름 꺼내서 인화해 봐요. 그럼 알겠죠."

그제야 제대로 겁을 집어먹은 언니와 나는 아빠가 사진을 가져올 때까지 숨도 못 쉬고 있었다. 어마어마하게 비싸 보이는 카메라가 잘못되기라도 했으면 어쩌지?

그러나 다행히 사진기는 무사했다. 아빠가 인화해 온 사진은 대부분 제대로 찍히지 않은 시커먼 사진이었고, 그나마 건진 몇 장은 세수하는 대문짝만 한 내 얼굴, '브이' 하는데 반쪽 잘린 얼굴, 내 콧구멍, 그리고 까만 뒤통수 등이었다.

한마디로 작가의 의도와는 전혀 다른 작품들이었다. 근사한 사진을 기대하며 사진을 찍어댔을, 그러면서도 사진이 진짜 남을 줄은 몰랐던 언니에게도, 열심히 모델이 되었던 나에게도, 엄마아빠에게도 모두 황당하기 그지없는 결과물이었다. 너무도 어이없는 사진에 아빠가 화도 내지 못했던 것이 그나마 다행이었다고 할까. 한동안 그 사진들은 온 집안을 돌고 돌며 두고두고 웃음을 주었다. 그리고 지금도 그 사진들은 나의 어린 시절 앨범에 빛바랜 채 꽂혀 있어 추억의 그날을 떠올리게 해주는 마법 같은 이야기가 되어주곤 한다.

"수진아, 수진아, 여기 봐!"

"수진아, 고무줄놀이 하자."

"수진아, 언니랑 놀러가자!"

언제나 그렇게 나를 부르던 작은언니의 목소리와 언니가 부르면 어디라도 달려가던 어린 내 모습을 떠올리게 하는 그런 마법의 장치 말이다.

독일제 파마 약의
비극

파마 하던 날과 스왕 미용실 。

할머니의 머리 스타일은 딱 하나였다.

짧은 커트에 굵은 뽀글머리. 자그마한 몸에 짧은 파마머리는 할머니의 깔끔한 성격과 잘 맞아떨어졌다. 그전에는 긴 머리를 쪽져 올리고 다니셨다는데, 편하고 풍성한 파마스타일을 해본 후 맘에 드셨던 모양이다. 그건 속칭 동네 '야매 미용실' 아주머니의 찰떡같은 솜씨 덕분이었다.

"수진아, 할머니가 머리 예쁘게 하는 데 데려갈게."

유치원 때였다. 할머니가 머리하러 다니시던 동네 아주머니가 독일제 새로운 파마 약을 사놓고, 아이들에게도 안전한 약이라고 우리 집 애들을 데려오라고 하셨단다. 공짜로 해주신다고.

공짜에 독일제 파마약이라니! 그게 좋은지는 잘 모르지만 우리한테 파마 시킬 생각에 할머니는 신이 나셨다. 하지만 이미 머리가 클 만큼 큰 – 자그마치 이제 초등학생! – 언니들은 절대 파마하지 않겠다고 했고, 남은 것은 멋모르는 막내 나뿐이었다. 그리하여 나는 운명적으로 할머니의 미니미 역할이자 야매 미장원 아주머니의 임상실험 대상이 되기 위해 끌려가게 되었다.

그때까지 내 머리 모양은 엄마가 잘라주었는데 주로 단발머리였다. 엄마가 잘라준 단발머리는 얇고 밝은 색의 내 머리칼에 꽤나 잘 어울렸다. 어릴 적 내 사진을 보면 찰랑거리는 단발머리에 핀을 꽂은 사진이 많은데, 그런 머리 스타일에 크게 불만이 없었다. 그러나 뭐, 할머니가 하자면 해야지. 나는 할머니의 착한 손녀딸이니까!

그날 아침, 나는 할머니 손에 이끌려 야매 미장원이자 이웃 아주머니 댁에 가게 되었다. 몇 번 가본 적 있는 집이었지만, 그렇게 안쪽까지, 말하자면 영업장소까지 가본 것은 처음이었

다. 그날따라 그 집이 왜 그리 어둡게 느껴졌는지, 집의 분위기
나 불빛이 무척 어둡고 음산했다.

나름 머리를 한다고 해서 미장원에서 하는 줄 기대하고 있었
는데, 그 어두운 집에 끌려 들어갈 때부터 이미 나는 뭔가 잘못
왔음을 직감하고 있었던 듯하다. 분명 미용을 하신다고 들었
는데 집에 있는 거라곤 머리를 감길 때 쓰는 세숫대야 하나와
바가지 하나, 헤어 롤과 약병 몇 가지뿐 멋모르는 내 마음속에
도 쌩하고 불길함의 바람이 불었다.

내가 미장원의 분위기를 기대했던 것은, 엄마를 따라 공주 시
내 최고의 미용실이자 여교사들과 멋쟁이 엄마들의 살롱, 모
든 소문의 근원지였던 '스왕 미용실'을 종종 가보았기 때문이
었다. 다 커서 그 이름이 'swan'이라는 근사한 어원을 갖고 있
음을 알았지 우리는 늘 '수앙 미장원'이라고 말하며 궁금해하
곤 했다. '도대체 수앙이 뭐지?' 하면서. 스왕 미용실에서 일하
는 아줌마랑 언니는 절대 '미장원'이 아니고 '미용실'이라고
강조했는데 그게 더 "그럴듯하기 때문"이라고 했다.

엄마는 늘 그곳에서 머리를 하셨다. 그래서 스왕 미용실은 우
리에게도 친근한 곳이었다. 커다란 거울 속으로 엄마가 파마
하는 것을 보면서 '우리 엄마 참 예쁘다' 하며 동경 어린 눈빛
으로 바라보곤 했다. 주말에 엄마가 마사지라도 받는 날이면

엄마의 얼굴을 만져주는 미용사 언니의 현란한 손놀림에 넋이 나가서 한참을 멍하니 바라보았다. 그런 날 집에 돌아오면 나는 얼른 엄마를 눕혀놓고 마사지 숍을 차렸다. 엄마 얼굴에 콜드크림을 잔뜩 발라놓고 무조건 찰지게 때려대면 되는 줄 알았던 생애 최초의 마사지 시연이었다.

그러나 무엇보다 스왕 미장원, 아니 스왕 미용실이 좋았던 이유는 쇼윈도에 진열돼 있던 백색의 찬란한 웨딩드레스들 때문이었다. 아, 그 웨딩드레스가 얼마나 마음을 설레게 했던지! 그 근처를 지날 일이 있으면 나는 일부러 골목을 돌아 스왕 미용실 앞을 거쳐 가곤 했다. 아름다운 웨딩드레스와 함께 상상의 나래를 펼치기 위해.

찬란하게 반짝이는 비즈와 구슬 장식들.
잘록한 허리선.
차르르 떨어지는 하얀 새틴과 레이스의 물결.

그 아름다움이 어린 나에게 와서 박힐 때마다 얼마나 가슴이 두근거렸는지, 그저 보는 것만으로도 행복해지는 꿈속의 드레스들이었다. 결혼을 한다면 꼭! 꼭! 스왕 미용실 드레스를 입고 스왕 미용실의 예쁜 나영 언니가 해주는 화장과 머리를 하

○ ○ ○

리라 결심했다.

훗날 실제로 결혼을 할 때 잘나간다는 웨딩드레스 디자이너의 옷들을 이것저것 입어보고 그중 맘에 드는 것으로 선택했지만, 그 아무리 세련된 드레스라 할지라도 어릴 적 스왕 미용실 유리 쇼윈도에 있던 드레스들과 견줄 만한 것은 없었다. 추억과 그리움의 장식을 단 드레스는 영국 왕비의 수억 원짜리 웨딩드레스와도 비교할 수 없는 것이었다.

그러니 세련된 스왕 미용실과 음산한 이웃집 아주머니의 안채 미장원은 비교가 돼도 너무 심하게 되지 않았겠는가. 할머니의 꼬맹이인 나는 할머니 옆에 붙어 앉아 생전 처음 해보는 파마를 위한 헤어 디자이너의 '우아한' 손길을 기다리고 있었다. 그 아주머니가 그리 우아해 보이진 않았지만 말이다.

먼저 긴 단발을 살짝 다듬은 후 파마를 하자고 했는데, 어째 분위기가 이상했다. 자꾸자꾸 머리가 짧아지더니 어느 순간 귀밑머리에 와 있었다. 할머니와 아주머니는 둘이서 손뼉을 치며 예쁘다고 난리였다. 그런 다음 이제 파마를 한다고 했다. 나는 어두운 안채에서 의자도 없이 자그마한 목욕의자에 앉아 때 묻은 보자기를 어깨에 두르고 모든 것을 운명에 맡긴 채 잠자코 기다리고 있었다.

머리를 감기고,

그 짧은 머리를 억세게 잡아당겨 롤을 말고,

그리고 운명의 독일제 파마 약.

그게 찍! 하고 내 머리 위에 자비롭게 뿌려지던 순간,

정수리에서 귀를 지나 목까지 흘러내리던 그 차가운 느낌.

맨살에 닿는 순간 타는 듯하던 고통.

처음엔 그냥 따가웠는데 갈수록 타는 느낌이 심해졌고 진짜 아파오기 시작했다.

"괜찮지? 원래 그런 거야."

그러나 내 피부에 보글보글 발진이 일어나기 시작하자 아주머니는 그제야 민망한 표정으로 찬 수건을 목에 올려놓아 주셨다. 어쭙잖게 파마를 마친 후 불안불안한 얼굴로 나를 바라보더니 거울을 쥐어주셨다.

거울 속에 비친 내 모습. 머리는 지나치게 짧았고, 지나치게 꼬불거렸고, 마치 끊어진 라면가닥 같았으며, 목에는 화상과 약 부작용으로 작은 거품 같은 발진이 가득 올라와 있었다.

"으앙~~!"

"엄마~~!"

그제야 참았던 눈물이 솟아올랐다. 머리는 맘에 안 들었고, 무

엇보다 목이 아프고 따가워서 견딜 수가 없었다. 거기에 목 뒤에 징그럽게 뽀글뽀글 올라온 발진들! 간지럽고 버석대고 따갑던 그 느낌, 지금 생각해도 다시 울고 싶어진다.

그날 저녁 엄마는 귀엽다고 위로해주셨지만 나에겐 전혀 위로가 되지 못했다. 내 목의 발진들도 사라지는 데 몇 달이나 걸렸다. 할머니에게 뭐라 말도 못 하고 속상해하던 엄마는 이래저래 연고를 구해다가 열심히 발라주셨다. 독일제 연고는 특별히 피해서!

딱쟁이가 하나둘 떨어질 때마다 그날의 슬픈 기억이 떠올랐다. 유치원 졸업사진에는 아직도 그 짧고 버석대는 머리와 함께 남자아이 같은 내 모습이 남아 있다. 이후 나는 두 번 다시 그 집을 가지 않았다. 아, 물론 할머니도 '그노무 여편네'에겐 다신 가지 않으셨다. 할머니도 고집을 꺾으시고 '수앙 미용실'의 멤버가 되셨던가.

내 생애 최초의 파마는 그 어두운 집 안채의 세숫대야와 바가지, 목을 타고 흘러내리던 독일제 파마 약의 차갑고 타는 듯한 느낌과 함께 슬프게 끝나버렸다. 그날의 불길했던 예감이라니. 그리고 나는 결국 이루지 못한 스왕 미용실의 화려한 웨딩드레스의 꿈을 동경하고 아쉬워할 뿐이다.

초코파이 한 개와
흰 우유 한 개

자전거 사고 。

그날은 정말 신나는 날이었다.

1년에 몇 번 없는 날.

엄마가 학교에 출근을 안 하고 아침부터 나랑 같이 다니는 날.

바로 언니들 학교 운동회 날이었다.

아침 일찍부터 언니들은 먼저 학교에 가고, 엄마는 김밥과 간식을 챙기셨다. 나는 엄마 손을 붙잡고 같이 나갔다. 이런 특권이라니! 얼마나 짜릿한 일인가. 평소엔 할머니가 우리들의 대소사를 다 챙기셨고 그 또한 좋았지만, 엄마랑 같이 하는 날은 아무래도 특별한 날이다. 가슴 가득 뿌듯함을 안고 집을 나섰다.

우리는 제민천 길을 따라 운동회가 한창 무르익고 있을 부속 초등학교로 향했다. 엄마 손을 놓치면 큰일날세라 꼭 부여잡 았다. 하늘은 청명하고, 바람은 솔솔 불고, 그야말로 정말 행복 한 날이었다.

운동회 날은 축제의 날이다. 당사자인 언니들은 마스게임 하 랴, 부채춤 추랴, 달리기 하랴 정신이 없었지만, 운동장 한쪽 언덕에 돗자리를 비스듬히 깔아놓고 엄마가 싸오신 김밥에 오 렌지주스에 과자를 먹고 있는 나에겐 신선놀음이 따로 없었던 한때였다. 콩주머니로 공중에 매달린 박을 터뜨리고, 오색 색 종이가 운동장 가득 날리고, 나는 목이 터져라 응원을 한다. 오 후 수업을 위해 엄마는 다시 학교로 가고, 마지막 하이라이트 청군백군 이어달리기가 끝날 때쯤 나도 진이 빠졌다.

완벽한 날이었다.

신나도 그렇게 신날 수가 없었다.

집에 오는 길은 꽤 멀다. 하지만 그저 신난 나는 춤을 추며, 어 깨를 들썩이며, 길 한가운데를 지그재그로 걷고 있었다. 차가 많이 다니는 길도 아니었다. 그럼에도 오두방정을 떠는 나에 게 언니들이 "한가운데로 좀 가지 마!" 하고 소리치던 것까지 기억이 난다.

얼마 후 엄마는 학교로 걸려온 전화 한 통을 받으셨다. 막내딸이 자전거 사고를 당했다고. 어떤 남자가 차에 태워 도립병원으로 데려갔다고. "빨간 원피스 입은 애 맞죠?"라고.

그날 나는 하얀 원피스를 입고 있었단다. 피가 많이 쏟아져 빨간 원피스로 착각하신 부속초등학교 선생님이 엄마에게 그리 말하셨던 것이다. 그 전화를 받은 엄마가 얼마나 놀랐을지 짐작이 가고도 남는다. 기절하지 않으신 게 다행이지.

전화를 끊고 아빠와 함께 달려간 도립병원. 언니들은 마치 내가 죽기라도 한 것처럼 울고불고 난리였고, 수술실 앞 의자에는 사고를 낸 장본인인 고등학생 여자아이가 눈물을 뚝뚝 흘리며 오들오들 떨고 있었다. 그런데 정작 사고를 당한 나는 이미 머리를 다섯 바늘인가 꿰매고 난 뒤였고, 엄마를 보며 싱긋 웃어 보이기까지 했다.

"엄마, 나 괜찮아!"

떨고 있던 여고생 언니는 그날 학교 수업이 끝난 후 자전거를 타고 집에 가던 길이었다. 빨리 집에 가서 밥을 먹고 야간자습을 하러 다시 학교에 가야 했기 때문에 급히 달리다가 그만 나를 들이받고 만 것이다.

"괜찮아. 걱정 마렴. 혹시 모르니까 주소랑 이름만 알려주려무나."

"엄마한테 말씀하실 거예요?"

언니는 울먹이며 말했다.

"아니야. 괜찮을 테니 말씀 안 드릴 거야. 방정 떨며 걸어간 우리 애가 잘못하기도 했고. 만일을 대비해서 적어놓으라는 거야. 너무 걱정 마."

그 말에 언니는 더욱 커다란 눈물방울을 떨어뜨렸다.

그리고 다음 날 저녁. 초췌한 모습의 언니가 우리 집으로 찾아왔다. 초코파이 한 개와 흰 우유 한 개를 손에 들고. 초코파이 한 박스도 아닌 한 개를 들고 온 언니의 마음은 어땠을까? 전날 한숨도 못 잤는지 눈 밑이 까맸다. 엄마는 고맙다고, 그리고 아이는 괜찮다고 말하며 언니를 돌려보냈다.

그 후 우리는 그 언니를 다시는 볼 수 없었다. 언니도 그토록 두려웠던 날을 굳이 더 기억하고 싶지 않았을 것이다. 그 후 나에게 무슨 다른 일이 있을지도 모르는 것 아닌가. 머리를 그렇게 다쳐서 댓 바늘이나 꿰맸으니 도리고 뭐고 판단하기에 앞서 그 언니도 그저 겁 많은 어린 소녀였음이다.

빨간 원피스를 입었다고까지 전해진, 그날 깨져서 다친 머리는 다행스럽게도 그날 이후 아무런 후유증도 없었다. 그러나 지금도 가끔 내가 이상한 행동을 하거나 실없이 웃어대면 가족들은 그때 다친 머리가 괜찮은지 의심스러워하곤 한다.

그래, 어쩌면 그날 이후 내 머리엔 이상이 생겼는지도 모르지. 그날조차 그리움으로 기억하는 이상한 병. 그 시절의 그리움에서 힘을 얻어 오늘을 다시 사는 이상한 병. 그날들을 그 시간들을 글과 함께 추억과 함께 다시 살려내고픈 그런 병을. 나는 그때 얻었는지도, 그런지도 모를 일이다.

팔팔 끓던 솥뚜껑에는
왜 앉았을까

말괄량이 소녀 。

여름이 오고 있던, 더위가 시작되던 어느 날이었다. 엄마아빠는 서울에 가셨다. 나의 여름날은 어찌됐든 바쁘다. 책 들고 나무 위에도 올라가야 하고, 펌프질해서 빨간 다라이 통에 물도 채워놓아야 하고(펌프질은 생각보다 쉽지 않다), 닭장에 모이도 줘야 하고(아무도 주라고 안 하지만), 대청마루에서 할머니가 이불홑청 다듬이질하는 것도 도와야 하고(역시 아무도 하라고 안 하지만), 온 집안 구석구석 참견하고 다니려면 해지기 전 하루가 빠듯하다. 아참, 점심 메뉴도 간섭해야 한다. 나는 어릴 적부터 뭐든지 참 잘 먹는 아이였다. 할머니가 똑같이 키우셨는데도 딸 셋 중에 제일 입맛이 토속적이라고 예뻐하셨다. 하지만 나에겐 불만이 하나 있었는데, 워낙 솜씨가 좋은 엄마랑 할머니 덕분에 집에서 라면을 먹을 일이 없다는 것. 라면이 얼마나 맛있는데!

그런데 그날 점심 메뉴는 드디어 '라면'이었다. 내가 할머니와 복렬 언니에게 조르고 조른 덕분이었다. 할머니는 바쁘셨는지 웬일로 언니에게 라면을 끓이라고 하셨다.

와, 신난다!

가마솥과 아궁이가 있는 우리 집 커다란 부엌. 제일 작은 솥에는 물이 팔팔 끓고 있었다. 라면 하나를 끓여도 아궁이 위의 솥에 제대로 끓여먹던 것이 할머니의 살림 방식이었다. 가마솥에 끓이는 라면이 얼마나 맛있겠는가. 파도 송송 썰고 계란까지 몇 개 풀어서.

나는 한 손에 쭈쭈바를 들고 늘 그렇듯이 부엌을 요리조리 구경하고 있었다. 복렬 언니가 팔팔 끓는 솥뚜껑을 열어 부뚜막에 엎어놓고 라면을 가지러 살강에 올라갔다. 그사이 나는 솥의 물을 본답시고 부뚜막 위로 올라가다가 중심을 잃고 기우뚱했고, 그 순간 옆에 있던 솥뚜껑 위로 철푸덕! 방금 전까지 솥 위에서 팔팔 끓고 있던 솥뚜껑은 아직도 뜨거운 열기가 그대로였고, 여린 허벅지와 엉덩이 살은 그 위에 다 눌어붙고 말

왔다.

"으아악!"

내 비명소리에 할머니가 달려오셨다. 얼마나 놀라셨는지 그렇게 당황하는 할머니의 모습은 처음이었다. 할머니는 먼저 부엌 수도에서 찬물을 가져다 내 엉덩이에 확 뿌린 후 나를 들쳐업고 냅다 도립병원으로 달렸다. 자그마한 체구의 할머니가 통통한 나를 업고 얼마나 빨리 뛰는지 할머니 등에서 느껴지던 다급함과 두려움이 그대로 전해져 왔다. 그때 내가 얼마나 놀랐는지 얼마나 아팠는지는 기억나지 않는다. 하지만 할머니의 눈물과 등의 땀 냄새만은 고스란히 생각난다.

서울서 돌아오신 엄마는 미안한 마음에 내가 훗날 비키니를 입지 못할까 싶어 그렇게 온갖 약을 구해다 발라주셨다. 다행히 흉은 남지 않았고 그 자리에는 오동통 새살이 돋았다. 모두의 가슴을 쓸어내리게 한 사건은 다행히 새살과 함께 마무리가 되었던 모양이다.

이 사건이 일어난 후 얼마 되지 않은 날이었다. 이번에는 집에 있던 의자 하나가 발단이었다. 마치 모래시계처럼 생긴 플라스틱 의자였다. 예전에 미용실에 가면 흔히 있던 그 의자는 언제나 내 호기심의 대상이었다. 그 의자를 옆으로 눕히고 뱅글 뱅글 굴리면서 마치 서커스 단원처럼 다리를 요리조리 앞뒤로 움직이면 정말 재미있을 것 같았다. 반드시 그렇게 해보고 싶다는 열망을 마음속으로 키워가고 있었다.

엉덩이와 허벅지에 붕대를 칭칭 감고 있을 때였다. 그러나 뼈나 인대가 다친 건 아니고 피부에 화상만 입은 터라 걷기엔 아무 지장이 없었다. 그 와중에 나는 또 다른 사고를 칠 준비를 한 것이다.

엄마아빠가 외출한 어느 저녁이었다. 드디어 나는 미션에 도전해보기로 했다. 의자를 대충 굴려보니 진짜 잘할 수 있을 것만 같았다. TV를 보면 서커스단 소녀가 둥근 통 같은 것을 눕혀놓고 그 위에 올라가 능수능란하게 앞뒤로 굴리지 않는가. 별로 어려워 보이지도 않았다.

그러나 당연히 될 리가 없었다. 의자를 옆으로 눕히고 그 위에 올라가자마자 나는 방바닥으로 떨어졌고, 오른쪽 팔이 부러지고 말았다. 그렇잖아도 엉덩이에 붕대를 감고 다니던 막내딸이 오른팔까지 부러지고 말았을 때 가족들의 황당함이란 어떠했을지. 지금 나 같으면 나머지 한쪽 팔과 다리마저 똑 부러뜨리고 싶은 심정이었을 게다. 아예 꼼짝도 못 하게 말이다.

그해 여름 내내 허벅지와 엉덩이는 붕대로 칭칭, 팔은 깁스로 둘둘 감은 상태였다. 그렇게 나는 긴 여름을 보냈다. 밥도 혼자

못 먹고, 잘 앉지도 못 하고, 잠도 엎드려서 자야 했다. 그런데 전해 내려오는 이야기에 의하면 여전히 언니들을 쫓아다니고, 밥도 잘 먹고, 온 집 안을 열심히 뛰어다녔단다. 어지간히도 말괄량이였던 게다.

얼마 후 전기 콘센트의 돼지코 모양이 너무도 궁금해서 집에 있던 드라이버를 쏙 집어넣었다가 감전되었다는 이야기는 차마 할 수가 없다. 그건 그냥 없던 일로 쳐야겠다.

언니의
눈물

다람쥐 탈주 사건과 닭 잡아먹던 날.

한옥집에서는 늘 개를 키웠다. 요즘의 키우는 애완동물 개념
이라기보다는 마당에 풀어 키우는 집동물의 느낌이었다. 동물
을 워낙 좋아하던 작은언니는 작은 애완동물을 키우고 싶어
했는데, 엄마와 시장에 간 날 졸라서 다람쥐 한 마리를 사 왔
다. 시장에서 다람쥐도 팔았다니 신기한 일이다. 옛날 시장은
세상의 모든 것을 사고 파는 곳이었나 보다.
아무튼 의기양양하게 다람쥐를 데리고 온 언니는 함께 사 온
다람쥐 집을 안채의 마루 아래에 내려놓았다. 아주 작은 다람
쥐였다. 과연 이 다람쥐는 어디에서 살다가 누구에게 잡혀서

우리 집까지 오게 된 걸까? 보면 볼수록 신기하고 신통방통했다. 우리에겐 귀엽고 앙증맞기 그지없었지만, 불쌍한 다람쥐는 나무가 그토록 가득한 한옥집에서 나무 한번 타지 못하고 작은 철사로 된 집 안에 갇혀 온종일 쳇바퀴를 돌았다. 지금도 선명히 기억나는 쳇바퀴.

'다람쥐 쳇바퀴 돌 듯'이라는 말이 괜히 있는 게 아님을 나는 그때 알았다. 어항에서 물고기가 온종일 이쪽 끝에서 저쪽 끝을 왔다갔다하듯 다람쥐도 종일 쳇바퀴를 돌았다. 우린 그게 재밌어서 그 앞에 앉아 몇 시간이고 지켜보았다. 아무리 봐도 지겹지 않았다. 세계적으로 유명한 서커스단 묘기도 그보다 재미있을 수는 없었다.

우리뿐이 아니었다. 온 동네 아이들이 다람쥐 구경을 왔다. 언제나 기본 몇 명씩은 그 앞에 쪼그리고 앉아서 쳇바퀴 도는 다람쥐를 바라보았다. 그야말로 인기 폭발 다람쥐였다.

그런데 그 아이 하영이는 특이했다. 뒷집 관사에 살던 작은 여자아이 하영이는 유난히 우리 다람쥐를 좋아했다. 그때 하영이가 네댓 살이나 되었을까. 그 아이는 눈만 뜨면 우리 집에 와서 다람쥐 집 앞에 쪼그리고 앉아 있었다.

"다람쥐가 불쌍해."

어느 날 하영이는 그렇게 말했다. 한참을 그 앞에 앉아 있다가 한 번씩 그렇게 중얼거렸다.

"나무에서 살게 해주면 안 돼?"

큰일 날 소리였다. 우리가 얼마나 다람쥐를 좋아하는데! 사랑스러운 다람쥐에게 집 밖은 위험했다.

그렇게 얼마쯤 지났을까. 이게 웬일인가! 모두 밖에 나갔다 오니 다람쥐 집 문이 열려 있고, 안은 텅 비어 있었다. 놀란 우리들이 우르르 달려가 어찌 된 일인가 살펴보았지만 이미 다람쥐는 흔적도 없이 사라진 뒤였다.

망연자실. 언니들과 나는 그렇게 한참을 울었다. 너무도 충격적이었다.

"분명히 하영이가 열어준 거야!"

울고 난 우리는 결연히 말했다. 진상을 알아야 했다. 당장에 하영이를 데려다 추궁을 했다. 그녀는 무서운 세자매파의 협박에 겁먹은 듯 보였지만, 진실을 말하면 죽을 수도 있다고 느꼈던 모양이다. 끝까지 자기는 모른다고 했다. 분명 잡아뗀 것이었다. 그렇지 않다면 다람쥐가 혼자 문이라도 열고 도망갔단 말인가!

자그마한 꼬마를 더 이상 몰아붙일 수 없어 거기서 멈췄지만 그 억울함은 오래오래 지속되었다. 지금도 이렇게 생생히 기억나는 걸 보면 제대로 분노했던 것 같다. 물론 지금은 너른 자연을 찾아 떠난 다람쥐의 여생이 행복했기만을 바랄 뿐이다.

다람쥐 탈주 사건 이후 마음이 상할 대로 상한 작은언니는 또한 번 도전을 했다. (사실 이런 일은 다 클 때까지도 주기적으로 발생했다. 동물의 종류가 매번 바뀔 뿐.) 학교에서 오는 길에 병아리를 한 마리 사 온 것이다. 처음에는 따뜻한 방 안에서 키우다가 조금 지나자 저쪽 건넌방 있는 곳 안마당에 놓고 키웠다.

우리는 다시 그 앞에 쪼그려 앉기 시작했다. 지금은 조류 공포증이 있는 내가 그때는 어찌된 일인지 잘만 가서 병아리를 지켜보았다. 사실 병아리는 조류라기엔 작고 귀여운 생명체일 뿐이니까. 할머니가 꼬박꼬박 모이를 주고 돌봐 주신 덕분에 병아리는 쑥쑥 자라났다.

제법 중닭이 된 그 병아리는 더 이상 병아리가 아니었다. 이제는 귀엽지도 예쁘지도 않은 그 모습에 나는 병아리에 대한 관심을 끊었다. '중닭'이 내가 기억하는 병아리의 마지막 모습이다. 하지만 작은언니는 역시 애착을 버리지 못하고 닭 주위를 맴돌았다. 그리고 모두가 예상하는 바로 그 순서. 할머니가 드디어 한 말씀 하셨다.

"은지야, 이제 곧 복날이니 잡아먹자. 닭이 너무 크면 키우지도 못 해."

난리가 났다. 절대 안 된다고, 병아리 잡으면 할머니 안 볼 거라고 언니는 난리를 쳤다. 그 중닭이 언니에겐 아직도 병아리였다. 다른 사람 눈에는 더 이상 귀여울 리 없는, 다 커버린 중닭이었는데.

결국 작은언니가 학교에 간 사이 거사는 치뤄졌다. 할머니는 시장에 있는 닭집에 가서 깨끗하게 해결하고 오셨다. 그 닭집의 광경을 나는 지금도 기억하는데, 손질된 생닭들이 일렬로 쭉 걸려 있는 곳이었다. 엄마랑 그곳에 갈 때마다 걸려 있는 닭들을 신기하게 쳐다보곤 했는데, 언니의 병아리도 그곳에 매달린 생닭과 같은 운명이 되다니 실로 잔인한 일이었다. 그것을 언니가 어찌 받아들일 수 있었겠는가.

우리 집 밥상에 푹 고아낸 백숙이 올려진 날, 언니는 나무 위에서 내려오지 않았다. 온종일 눈물을 흘리며 마당 가운데 서 있던 나무 위에 올라가 내려올 생각을 하지 않았다. 할머니는 "은지야, 니 닭은 다른 사람한테 주고 우리가 다른 닭 잡아온 거야."라고 뒤늦은 거짓말로 달래셨지만, 상처받은 언니의 마음은 달래지지 않았다. 그토록 닭고기를 좋아했던 언니가 종일을 굶었다. 눈물범벅이 된 얼굴에 슬픔이 가득했다. 그리고

○ ○ ○

엄숙하고도 결연한 선서가 그날 밤 공표되었다.

"앞으로 절대로 닭고기는 먹지 않을 거야!"

그런데 언니에겐 정말 미안하지만 그날 백숙은 정말 맛있었다. 닭죽도 맛있었다. 우리 집의 커다랗고 오래된 가마솥에 푹고았으니 맛없을 수가 있겠는가. 그리고 엄마 말에 의하면 그 뒤로 얼마 안 있어 언니는 다시 백숙을 아주 잘 먹었다고 한다. 다행한 일이다. 아이의 트라우마가 맛있는 백숙으로 단기간에 치료가 되었으니 말이다. 역시 맛있는 음식은 상처에 특효약이다.

그렇게 다람쥐의 쳇바퀴 돌던 모습과 닭의 꼬꼬거리던 울음소리는 언니의 눈물과 우리의 아쉬움과 함께 홀연히 사라졌다. 하지만 지금도 내 눈에는 양갈래 머리를 하고 이미 꽃이 저버린 진보랏빛 자목련 꽃나무에 올라가 가지 사이에 기대어 울던 언니의 눈물이 눈앞에 보이는 듯하다. 세상을 잃어버린 것보다 더 슬프게 울던, 작은 친구를 잃은 소녀의 눈물이.

그 길에는
개가 살았다

피아노 학원 가는 길 。

그 길에는 개가 살았다! 개만 산 게 아니라 개를 키우는 가족
도 살았겠지. 아무려면 어떠랴. 내 기억에는 그저 개가 살았을
뿐. 그것도 무시무시한 개들. 상어보다도 날카로운 이를 드러
내고 언제고 나를 공격할 것 같은 그런 맹수 같은 개들.
언제부터인지는 기억나지 않지만 나는 피아노 학원에 다녔다.
나뿐 아니라 언니들도 모두. 내가 아는 동네 아이들은 전부 그
피아노 학원에 다녔다. 영명고등학교 가는 길이던가. 아담하
고 깨끗한 양옥집 2층에서 언제나 문을 활짝 열고 레슨을 하시
던 피아노 선생님.

o o o

나는 그곳에서 들려오는 피아노 소리를 좋아했다. 집 밖으로 흘러나오는 모차르트의 소나티네나 브루크뮐러의 경쾌한 멜로디를 좋아했다. 피아노 레슨을 받는 것보다 밖에서 아이들과 놀며 연주 소리를 듣는 것이 더 좋았다.

피아노 선생님은 짧은 머리가 굽슬굽슬하던 이국적인 외모의 여자분이었다. 평소에는 따뜻하셨지만 레슨 중에는 꽤 무서우셨던 걸로 기억한다. 내가 아는 대부분의 아이들이 그 피아노 학원을 다녔으니 그곳은 또 다른 동네 놀이터였다. 하지만 사실 나는 그곳을 좋아하지 않았다. 그러다 보니 피아노 치는 것도 별로 좋아하지 않았다. 쭉쭉 실력이 느는 언니들과 달리 내 실력은 언제나 제자리걸음이었고, 체르니 30번도 가지 못한 채 100번에서만 주구장창 머물러 있다가 결국 그만두고 말았다.

피아노 학원에서 정기적으로 갖는 발표회가 있었는데, 공주 시내에서 가장 우아한 장소 중 하나인 경양식집 '관람석'을 빌려서 하는 작은 살롱 발표회 같은 것이었다. 나는 연습도 안 하고 피아노도 못 치지만, 얼마나 그 무대에 서보고 싶었던지 예쁜 드레스를 입고 '관람석'의 작은 음악회에서 박수를 받으며 하는 연주가 너무도 멋져 보였다. 그곳에 설 수 있다면 열심히 피아노 연습을 할 수 있을 것 같았다. 그러나 결국 나는 연주회

명단에 오르지 못했고, 언니와 친구들의 연주를 보기 위해 엄마와 함께 '관람석'에 갔던 슬픈 날도 있었다.

그때나 지금이나 음악을 무척 사랑하는 내가 피아노 학원 가는 것도, 피아노 치는 것도 좋아하지 않았던 데는 나름의 이유가 있었다. 변명 아닌 변명을 해보자면, 문제는 바로 피아노 학원 가는 길에 있었다.

한옥집 대문을 나와 바로 오른쪽 옆으로 가면 공터가 나오고, 그 공터를 지나면 좁다란 골목이 있다. 그 길 오른쪽으로 대여섯 채의 집들이 있었는데, 양철 대문이 늘 열려 있거나 대문이 없는 집들이었다. 그 가운데 서너 집이 개를 키우고 있었다. 개를 키운다기보다는 마치 개가 집의 주인과 같은 형상이었다. 거만하고 당당하게 집을 차지하고 있는 모습이라니.

그 집들 중 특히 두 집이 문제였다. 두 번째, 다섯 번째쯤 집이었다. 나머지 집들의 개는 개줄에 묶어놓든가 개가 얌전해서 지나가는 사람을 물끄러미 쳐다보고 있었지만, 그 두 집의 검둥개들은 사납기가 말도 못했다. 사람이 지나가는 기척만 나도 벌떡 일어나 짖어대는데, 그 모습이 마치 매트릭스처럼 슬로모션으로 나를 향해 달려드는 듯했다. 그 개들은 목줄에 묶여 있을 때도 있고, 묶여 있지 않을 때도 있었다. 문제는 목줄에 묶여 있을 때조차 줄은 길기도 길어서 충분히 나에게 달려 들고도 남을 것 같았다.

이런 형상이다 보니 개를 무서워하는 나는 그 길을 지나가는 것이 목숨을 건 도전이나 마찬가지였다. 우리 집도 늘 개를 키웠다. 주로 하얀 진돗개였는데 그들은 순하고 영특했다. 지금 생각해보면 주로 검둥개가 무서웠던 것 같다. 아무튼, 그 짧은 골목의 집을 지나가는 것은 언제나 숨을 멈춰야 하는 공포였다.

볕이 잘 들지 않는 골목.
늘 바닥이 질고 유난히 까맸던 흙길.
왼쪽에는 도립병원의 시멘트 담벼락.
그리고 오른쪽에 나란한 집들.
그 어두운 가운데 짖어대던 검둥개들.

가장 환장할 노릇은 그 누구도 나의 이 공포를 이해하지 못한다는 것이었다. 어른들은 아무리 내가 하소연을 해도 웃으면서 대수롭지 않게 넘겼다. 언니들은 개를 무서워하지 않았다. 각자 다양한 방법을 제시해주었지만 그 어떤 방법도 나에겐 도움이 되지 않았다. 가족들이 제시해준 방법들은 대충 이런 것들이었다.

첫 번째 방법, 다른 길로 돌아가라. 이 방법은 너무 싫었다. 돌아가려면 족히 다섯 배는 더 먼 길을 가야 했기 때문이다.

두 번째 방법, 절대 눈을 마주치지 말고 천천히 걸어가라. 이건 제일 많이 써본 방법이지만, 할 때마다 수명이 몇 년씩은 줄어드는 것 같은 긴장감 때문에 선호하지 않았다.

세 번째 방법, 모르고 눈이 마주쳤으면 자신감 있는 눈빛으로 제압하라. 이 방법은… 음, 여러 번 마음의 준비를 하고 연습도 했지만 결국 한 번도 시도해보지 못했다. 내가 느끼는 검둥개의 눈빛은 이미 내 모든 것을 꿰뚫어보고 나보다 한 수 위였기에 괜히 째려봤다가는 그놈의 먹이가 되고 말 것 같았다.

네 번째 방법, 미친 듯이 뛰어가라. 단, 개보다 빨리! 물론 뛰어간 적은 있다. 두 번째 방법을 써서 천천히 가다가 검둥개가 한 번 짖으면 겁이 나서 어쩔 수 없이 줄행랑~ 하지만 작정하고 적보다 먼저, 빨리 뛰어간 적은 없다. 그때부터 지금까지 달리기라면 언제나 꼴찌였기 때문에 발 빠른 그놈을 이길 재간이 없었기 때문이다.

역시 그 누구의 공감도 얻지 못한 채 나의 고민은 깊어져만 갔다. 하긴 생각해보면 그 당시의 삶은 어느 집이고 문간을 지키는 개와 함께 하는 것이 일상이었는데, 그걸 그리 무서워한다는 게 심각하게 여길 일이 아니었을 게다. 그리하여 나는 결국 피아노 학원을 조금씩 조금씩 빠지기 시작했다. 물론 집에는 학원에 간다고 거짓말을 하고.

집을 나와서 곧장 앞으로 죽 가서 교회로 간다. 교회 사택에 사는 목사님 댁이자 나의 친구 뚜뚜네로 간다. 그곳에서 뚜뚜와 신나게 블럭놀이도 하고 종이인형 놀이도 하다가 시간 가는 줄도 모르고 느지막이 집으로 돌아온다. 그렇게 며칠을 땡땡이를 쳤는데 드디어 모든 것을 알아버린 엄마에게 들켰고, 나는 그 이후로 피아노 학원을 그만두었다. 그때 좀 더 배웠어야 했는데 가끔 아쉽기도 하지만, 검둥개의 사악한 눈빛과 그렁그렁한 표정이 생각나면 두 번 망설임도 없이 그만두길 잘했다 생각한다.

하지만 미국에 와서 개와 많이 친해지고 조금은 더 그들에 대해 이해하게 된 지금, 그때를 돌아보니 약간은 다른 생각을 해보게 된다.

어쩌면 그 검둥개는 무척 귀여운 아기 강아지였던 건 아닐까. 어쩌면 심심하던 차에 지나가던 작은 아이를 보고 반가워 날뛰었던 건 아닐까. 어쩌면 어제 본 그 아이가 또 지나간다고 기뻐서 인사를 한 건 아니었을까. 사악하다 느낀 표정은 흥분한 표정이었고, 날카로운 이는 한 번도 사람 따윈 물어볼 엄두조차 내지 않은 순둥이의 그것인데 내 상상 속에서 점점 더 날카로워진 것은 아니었는지. 어쩌면 한번쯤 눈빛을 교환하고 이야기라도 나누었으면 둘도 없는 친구가 되었을 강아지였을지도. 내 피아노 인생을 멈추게 했다는 누명을 뒤집어쓰고 이제껏 그리 억울해하고 있을지도 모르겠다. 어쩌면….

꼬리가
긴 아이

한옥집의 겨울밤。

지금도 난 살림이라면 아주 꽝이다. 주부 경력 15년차가 되어가는데 아직도 손이 느리고 요리도 서툴다. 깨고 부수고 고장내는 것도 많다. 그러나 이건 하루이틀 얘기가 아니다.

어릴 적부터 내가 뭔가 하려 하면 식구들은 "괜찮아 괜찮아, 넌 저리 가 있어."라고 말하곤 했다. 내가 건드리기만 하면 고장 나고 망가지고 맛이 없어진다고 아예 아서라고 하는 것이었다. 호기심도 많아 뭐든 뒤지기를 좋아했고 만지는 것도 좋아했지만, 그러고 나면 반드시 티가 났다. "꼬리가 길다."라고 늘 어른들이 말씀하셨다.

"수진이는 꼬리가 너무 길어."

"뭐 했는지 다 티가 나."

그러니 차라리 못쓰게 하거나 다치지 말고 멀찌감치 떨어져 있으라는 것이다.

그날은 몹시도 추운 겨울밤이었다.

겨울밤 부엌은 알싸하게 춥다. 부엌이 워낙 넓어 썰렁하기도 하고, 앞뒤 문으로 드나드는 외풍은 겨울밤을 보내기엔 차고 거세다. 겨울이 되면 어른들은 얼른얼른 할 일을 마치고 "아이 추워라." 하시며 뜨끈한 방으로 들어오신다. 남은 일은 챙겨 들어와 방에서 도마를 펼쳐놓고 하기도 하고, 불을 써야 하면 방 안에 있는 작은 난로를 사용하기도 한다. 썰늘한 부엌보다야 따뜻한 방 안에서 일이 훨씬 더 잘되는 거야 말할 것도 없다. 도구와 재료를 들여오고 내가기가 쉽지 않지만, 어른들은 그런 일에 이골이 나 있었던 모양이다.

그래서 나에게는 안방에서 엄마가 썰어주시면 이것저것 넙죽넙죽 받아먹던 기억이 많다. 오줌싸배기 시절 나만 몰래 불러 은행을 구워주시던 곳도 안방이었고, 인삼을 달일 때 사용하시던 빨간 전기찜기도 항상 안방에서 끓고 있었다. 인삼의 씁쓸하고도 깊은 향과 함께 빨간 냄비의 유리 뚜껑에 보글보글

수증기가 맺히면 왠지 마음까지 뜨끈해졌다. 몇 번을 우려내느라 며칠 내내 냄비는 그 자리에 있었다. 처음 달인 물은 할머니와 아빠에게, 그다음 물은 엄마와 고모들에게, 그다음은 우리에게까지 차례가 왔다. 그 맛을 별로 좋아하진 않았지만 그래도 잘 먹었다.

할머니가 순대며 간, 귀 등 돼지 부속물을 시장에서 사 오신 날엔 안방에 나무도마를 놓고 설경설경 잘라 소금에 찍어주셨다! 그 쫄깃쫄깃한 맛이라니!

뭐니뭐니 해도 제일 기억에 남는 건 사골국을 끓이는 날이었다. 가마솥에 밤새 끓이는 사골국. 어르신들 겨울철 몸보신용으로 시장 정육점에서 신선한 뼈와 고기를 사 와 물을 가득 붓고 아궁이 밑에 장작을 잔뜩 넣은 후 밤새 부글부글 끓인다. 사골이 끓는 구수한 냄새가 부엌에 가득하다.

국물이 적당히 끓었을 때 엄마는 도가니와 꼬리, 스지를 몇 개 건져 안방으로 가져오신다. 큰 칼로 설렁설렁 썰어서 우리 입에 넣어주시면 그게 뭔지도 몰랐지만, 맛은 기가 막혔다. 그 쫀득쫀득하고 말랑말랑한 맛은 지금 내가 사골을 끓여보겠다고 아무리 애를 쓰고 물구나무를 서도 따라갈 수 없는 한옥집의 맛이다. 뜨거운 가마솥의 맛이고, 얼굴이 얼얼하도록 바람 부는 차가운 한옥집 겨울밤의 맛이고, 뜨끈한 아랫목의 맛이다.

그날의 재료는 흰 떡이었다. 설이 다가오고 있었다. 전날 저녁에 진즉 두 말가량의 쌀을 씻어 할머니와 복렬 언니가 방앗간에 맡겨놓은 떡이었다. 가래떡은 굽이굽이 길기도 하다. 엄마는 떡을 썰고 우리는 옆에서 책도 읽고 놀았다. 엄마는 옛날이야기를 해주셨다.

엄마가 해주시는 이야기는 언제나 재미있었다. 세 왕자가 사랑하는 여인을 위해 각자 황금과 왕관과 칼로 사랑을 맹세하자, 그 여인이 결국 죽어서 튤립이 되었다는 이야기는 들어도 들어도 슬프고 감미로웠다. 엄마는 그 어떤 이야기도 감칠맛 나게 해주시는 재주가 있었다. 가정 선생님이셨지만 학교에서도 엄마가 이야기를 시작하면 거친 사내아이들도 숨을 죽이고 조용히들 하더라고 했다.

떡 써는 고요한 소리와 함께 엄마의 이야기가 계속되는 겨울밤이었다. 엄마가 써는 떡은 조청을 찍어 먹어도 맛있고, 할머니처럼 참기름과 간장에 찍어 먹어도 맛있다.

떡을 썰던 엄마는 잠시 다른 재료를 가져온다며 나가셨다. 그런데 문득 내 눈에 도마와 칼이 들어왔다. 떡 써는 것, 까짓 거 별로 어렵지 않아 보였다. 제법 재미도 있어 보이고.

엄마 자리에 앉아서 커다란 식칼로 떡을 썰기 시작했다.

하나, 둘! 제법 그럴듯하게 썰렸다.

좀 더 썰자. 별거 아니구나.

셋, 넷….

그런데 뭔가 이상했다.

아이쿠! 내가 썬 것은 떡이 아니라 내 손이었다! 엄지손가락 바로 아래 깊숙이 칼이 들어갔고, 피가 철철 나기 시작했다. 그리고 진짜, 아팠다.

"아이고, 칼을 두고 나간 내가 잘못이지."

엄마는 자책을 하셨고 나의 오두방정 또한 야단을 맞았다. 그 상처는 생각보다 꽤 오래도록 아물지 않았고, 마치 어디서 힘 좀 쓰다 온 여인네처럼 작지만 왼쪽 엄지 아래에 인상적인 칼자국을 남겨놓았다, 지금껏. 왜 아니 그랬겠는가. 나는 꼬리가 긴 아이였으니.

꼬리가 긴 아이는 이제 아이가 아니지만 몇 해 전 엄지손가락에 또 하나의 상처를 냈다. 이번에는 반대편인 오른쪽 엄지였다. 늘 있는 일이지만, 설거지를 하다가 깨버린 유리조각이 깊이 들어간 것이다. 그래서 양쪽 엄지손가락을 맞대면 마치 데칼코마니와 같은 흉터 자국이 생겼다.

양쪽 엄지의 흉터를 볼 때마다 나는 떡을 썰던 겨울밤을 떠올린다. 몹시 아팠던 나의 오두방정의 결과를 떠올린다. 그리고 커서도 별반 달라지지 않은 현재의 어설픔 역시 깨닫는다.

내 나이 사십이 되었어도 지금도 어린애 보듯 하시며 "살림하고 사는 게 신기하다."라고 하는 엄마의 말을 떠올리고, 할머니가 살아 계셨다면 혀를 차며 "막내가 뭘 한다고. 넌 아서라." 하셨을 게 눈에 보이듯 그려진다.

언제까지고

엄마의, 할머니의, 한옥집 막내로 머물고픈

나이 사십 넘은 여편네.

다시 일곱 살로 돌아가

한옥집 아랫목에서 어리광을 부리고 싶어진다.

꼬리가 길다고 야단맞고 싶어진다.

그날의 설렘을
여전히 간직하고 있다는걸

어깨동무와 독자 코너 。

해마다 설이 지나고 나면 우리 세 자매의 연초 이벤트가 있었다. 설에 받은 세뱃돈을 한데 모아 그 돈으로 1년치 잡지 정기구독을 하는 것이었다. 우리가 열광하던 잡지는《어깨동무》였는데, 전년도에 본 잡지의 마지막 장에 있는 '정기구독권' 엽서를 오려서 거기에 주소와 전화번호를 적은 후 서점에 가서 돈과 함께 엽서를 제출하면 끝이다. 역시 우리의 아지트, 중앙서림에 가서 돈을 내는 것은 큰언니의 몫.

그렇게 1년치의 계획을 마무리하고 나면 이제는 잡지를 기다리기만 하면 된다. 우리가 사랑하던 잡지! 잡지가 새로 나오는 날에는 밖에서 재미나게 놀다가도 무조건 일찍 들어온다. 뭐 아무리 먼저 손에 넣어도 큰언니가 빼앗아 가면 그만이었지만. 그래도 어떻게든 새 잡지의 따끈따끈함을 먼저 맛보고자 하는 우리의 열망은 뜨거웠다.

잡지를 받자마자 가장 먼저 보는 것은 마지막 부분이다. '이달의 선물 당첨자' 뭐 이런 부록을 보기 위해서다. 매달 꼬박꼬박 독자엽서를 보내는 우리에게 당첨자 코너는 필수 확인 코스다.

"와, 얘들아!"

"왜? 왜? 어떻게 됐어?"

"꺄! 나 선물 당첨됐어!"

하루는 글쎄 큰언니가 '부루마블 게임 세트'가 당첨된 것이다. 부루마블 게임은 부록 선물 코너에서도 가장 인기 많은 품목 중 하나였다. 그전에 우리 집엔 부루마블 게임이 없어서 사촌오빠네 놀러가면 엄청나게 재밌게 하고 오곤 했는데, 드디어 우리에게도 생긴 것이었다. 큰언니가 해낸 것이다. 지난달 독자엽서를 정성스레 써서 보낸 덕이었다. 정말 신나는 날이었다.

그 뒤로 얼마나 애지중지 부루마블 세트를 아꼈는지 모른다. 잡지를 통해 탄 게임세트는 우리의 훈장이었다. 요즘 아이들이 게임기를 아끼는 것하고는 비교가 안 되었으리라.

그에 용기를 얻은 작은언니가 다음달 독자엽서에 한껏 열과 성을 다해 글을 써서 보냈다. 아마 사진도 오려 붙였을 것이다. 언니의 글씨는 정말 예뻐서 어디서든 눈에 띄었다. 그 다음달, 우리에게는 무려 '딱풀 한 박스'가 배달되었다. 그 당시 한창 딱풀이 인기를 끌 때였다. 그전에는 그 축축하고 손에 다 묻는 풀밖에 없었는데 딱풀이라니!

한 30개는 들어 있었던 것 같다, 노란색 어여쁜 딱풀이. 부루 마블이 당첨되었을 때만큼 열광적이진 않았지만, 딱풀도 아이 들이 매우 선호하는 당첨 선물 목록 중 하나였기에 우리는 만 족하고도 남았다. 연달아 선물에 당첨되었으니 당연히 우리의 자신감은 하늘을 찔렀다.

다음달은 내 차례였다. 나도 용기를 내어 열심히 정성스레 독 자엽서를 써서 보냈다. 할 수 있는 모든 아첨과 아부를 떨었다. 하지만 더 이상 우리 집에 당첨 소식은 오지 않았다. 같은 주소 로 세 달 연속 선물을 줄 리 없건마는 그때는 내가 글씨를 너무 못 써서일 거라 생각했다. 그게 사실일지도 모르고. 언니들의 글씨는 정말 아기자기하고 예뻤지만 내 글씨는 언제나 엉망진 창이었으니까. 엄마가 어떻게든 글씨를 교정해주려고 서예학 원도 보내고, 노트에 받아쓰기도 시키고 했지만 나의 악필은 쉽사리 고쳐지지 않았다. 서예에 한 재주가 있던 엄마의 피에서 나 같은 악필이 나오다니! 심각함을 모르던 건 나 하나뿐이었다.

학교에 다니면서부터는 선생님들이 써주시던 '글씨를 예쁘게 씁시다'라든가 '일기를 성의 있게 씁시다' 이런 멘트가 내 일기장에 심심찮게 등장했다. 하지만 그건 정말이지 세상 억울한 일이었다. 나처럼 일기를 정성껏 쓴 아이는 없었을 것이다. 다만 글씨가 악필일 뿐!

지금도 간직하고 있는 옛 일기장을 들추어보면 배꼽을 잡고 웃을 만한 스토리들이 많다. '오늘은 무슨무슨 일을 했다'라고만 쓰는 일기에 비하면 그 얼마나 재밌는 일기인지! 그러나 글씨에 가려 내용이 들어오지 않았던 것 같다. 나에게 본격적으로 글짓기를 가르쳐주셨던 은사님 한 분만이 일기장에 '너무 재밌게 읽었구나. 다만 글씨도 예쁘면 더욱 좋겠다.' 정도의 멘트로 바꾸어주셨을 뿐이었다.

아무튼 어떤 이유로든 나는 결국 《어깨동무》에 내 이름을 올리지 못했다. 그때의 그 실망은 오래도록 이어졌다. 그도 그럴 것이 잡지가 오면 몇 편 실려 있는 만화에도 물론 즐거웠지만, 뒤편의 부록들을 하나씩 꼼꼼히 살펴보며 즐거워하는 것이 큰 기쁨이었기 때문이다.

흑백으로 실려 있는 멋진 포즈를 자랑하는 아이들의 사진들.

얼마나 자신들이 이 잡지를 사랑하는 열렬한 독자인지를 증명하는 사연들. 그 하나하나를 보면서 이 아이들은 어디에 있는 아이들일까를 상상해보곤 했다. 지금처럼 여행을 자주 가고 인터넷으로 하나가 되던 시절이 아니었기에 낯선 고장의 낯선 이들을 흐릿한 잡지의 종이로 만나는 것 자체가 설레던 시절이었다.

방바닥에 엎드려서 한 명 한 명 아이들을 살피는 것은 나의 취미생활이었다. 그 아이들이 행여 서울에 살기라도 하면 괜히 맹렬한 경쟁심을 불태웠다. 서울의 근사한 양옥집에 살 것 같은 이 아이는 어떻게 여기에 실린 것일까 하면서. 그 아이들이 지닌 특기나 사연들도 재미나게 읽었다. 방 아랫목에 누워 잡지를 통해 나라 곳곳에 있는 아이들을 만날 수 있음은 분명 신나는 상상이고 여행이었다.

그렇게 우리가 열광하던《어깨동무》는 어느 순간 멀어지고, 우리는 '요정핑크'가 있던《보물섬》으로 갈아타게 되었다. 만화책만으로 처음부터 끝까지 꽉꽉 채워져 있던 엄청나게 두꺼운 잡지였다. 그때부터는 만화 자체의 즐거움을 알아버려서 더 이상 독자 코너 따위에 마음을 빼앗기지 않았다.

시간이 꽤 많이 지난 어느 순간에는 서울 아파트 상가 지하에 있던 떡볶이집 앞 구석의 만화방에서 소녀 감성이 가득하던 잡지《르네상스》에 매료되어 있었다. 그리고 나는 더 이상 소년소녀 잡지 독자 코너에 실린 아이들의 삶이 궁금하지 않았다.

하지만 세월이 한참 흐른 지금. 나는 궁금하다.

그때 우리와 함께 부루마블 게임 세트나 딱풀 등의 선물을 받고 환호하던 독자 코너의 아이들은《어깨동무》의 날들을 기억할까. 잡지가 집으로 배달되던 날, 고무줄을 하다가도 집어 던지고 집으로 달려와 잡지를 붙들고 있던 그날의 즐거움을 기억할까. 이제는 중년이 되었을, 흑백사진 속 애교 가득했던 아이들은 지금도 그 웃음을 간직하고 있을까. 그리고 나에게 끝까지 선물을 주지 않았던 편집자는 이 사실을 알까. 그 꼬맹이가 30년이 넘도록 그때의 실망을 기억하고 있다는걸. 그날의 설렘을 지금도 간직하고 있다는걸.

토끼가 절구를 빻던 달과

깜깜한 밤하늘

밤호수 이야기 。

밤호수

– 모윤숙

호수 밑 그윽한 곳

품은 꿈 알 길 없고

그 안에 지나는 세월의

움직임도 내 알 길 없네

오직 먼 세계에서 떠 온 밤 별 하나

그 안에 안겨 흔들림 없노니

바람 지나고

티끌 모여도

호수 밑 비밀 모르리

아무도 못 듣는 그곳

눈물 어린 가슴 속 같이

호수는 별 하나 안은 채 조용하다

나의 블로그 닉네임은 '밤호수'다. 이웃들은 모두 나를 '밤호수
님'이라 칭하고, 언제부터인지 나도 내 이름만큼이나 '밤호수'
라는 닉네임을 편안히 여기고 사랑하게 되었다. 어쩌면 실제
내 이름보다도 더. 그렇지 않은가. 내 이름은 내 의사와 상관없
이 부모님에 의해 주어진 것이지만, 닉네임은 스스로 선택하
여 만든 나의 또 다른 이름이니까.

사실 '밤호수'라는 이름에서 풍기는 차분함이나 고즈넉함은
내 성격과는 어울리지 않는 바이지만, 그 이미지는 누군가가
나에게서 떠올려주길 바라는 그림이기도 하다. 나의 글을 읽
을 때 깊고 푸른 보랏빛 밤하늘, 달이 가득한 아름다운 밤호수
를 떠올려 준다면 그보다 더 행복한 일이 어디 있겠는가.

그 이름의 시작은 위에 인용한 시로부터였다. 중학교 때 처음
읽고 서정성과 달콤함에 반해 간직해온 시 '밤호수'. 또한 이

시와 함께 나에겐 그에 딱 맞는 한옥집 시절의 이야기가 있다.

그날은 불꽃놀이에 대한 소문이 파다했다. 동네 고등학교가
전국 야구대회 같은 데서 1등을 했던 날이었을 게다. 동네 친
구들, 언니들과 나는 이미 본 적도 없는 불꽃놀이에 대한 기대
로 가슴이 부풀어 있었다. 그러나 우리의 계획과는 정반대로
부모님께서는 밤이 되자 우리 세 자매에게 이부자리를 깔아
주신 채 어른들끼리 외출해버리셨다. 늦은 밤이었기에 우리를
데리고 나갈 계획은 애초부터 없으셨던 듯했다. 좌절에 빠진
우리들은 잠잘 생각은 하지도 않고 뜨끈한 아랫목 이부자리
위에 누워 이리 뒹굴 저리 뒹굴 하고 있었다.
그즈음 언니들이 제안한 것이 바로 '다슬기'! 우리 세 자매가
당시 가장 좋아하던 간식이었는데, 시내 칠성당 제과점 앞에
서 어떤 아저씨가 팔았다. 100원어치씩 사면 돌돌 말아 뿔처럼
만든 신문지에 담아주던 다슬기. 하나씩 입에 넣고 쏙 빼먹으
면 재미도 있거니와 짭쪼롬하고 쫄깃한 맛도 최고였다.
언니들과 이리저리 동전을 꺼내 몇백 원을 모은 우리는 가위
바위보를 했다. '이 밤에 누가 나가서 다슬기를 사올 것이냐.'
에 대한 것이었다. 그리고 역시 당첨된 것은 바로 나! 웬만하
면 막내는 안 보낼 만도 하건만 언니들에겐 인정사정도 없었

다. 전에는 새로 나온 라면 모양의 아이스크림을 사러 혼자 나갔다 온 일도 있었으니까. 그리하여 주머니에 동전을 짤랑거리며 겁도 없이 삐거덕거리던 한옥집 대문을 열고 나왔던 그 날 밤.

잊을 수 없는 그날 밤.

문을 열고 나오자 집 앞 새까만 공터 위로 터지던 색색의 불꽃놀이. 요즘의 그것처럼 화려하지도 않았을 테지만 공터 위의 까만 밤하늘과 멀고도 아름다운 달. 그리고 불꽃들. 그 그림은 어린 내 가슴에 그대로 박혀버렸다. 하늘은 더할 수 없이 까맸고, 달에는 분명 계수나무 한 그루와 토끼가 절구를 빻고 있었다. 그리고 그 옆에는 아름다운 불꽃들이 찬란하게 터지고 있었으니

그곳은 정녕 아름다운 나의 '밤호수'였다.

내가 다슬기를 사왔었는지, 그 이후 어떻게 집에 돌아왔는지는 기억나지 않는다. 다만 내 기억 속에 남은 것은 밤하늘뿐. 그 후에도 어릴 적 살던 커다란 한옥집 옆 공터 위의 새까만 밤

하늘은 늘 나에게 꿈의 안식처였고, 공상의 나래터였다. 어릴 적 그 동네를 떠났지만 그 이후로도 오랫동안 그 밤하늘을 기억했다.

낮에는 친구들과 함께 흙과 돌멩이로 소꿉놀이를 하던, 강아지풀과 토끼풀과 온갖 잡초가 무성했던 공터. 해가 질 무렵이면 내일의 만남을 기약하며 헤어지던 아이들의 목소리가 웅성거리던 곳. 밤이 되면 아이들의 조잘거림을 따스히 흡수한 밤하늘이 깊고 푸르게 짙어지던 그곳. 토끼가 절구를 빻던 달과 그윽한 밤하늘. 모윤숙의 시 〈밤호수〉를 읽을 때면 늘 떠오르는 나의 밤하늘.

그 밤하늘이 지금도 때때로 그리운 건,
기억인지 상상인지 분간되지 않는
그날의 밤호수가 그리운 건,
토끼가 살고 있는 달로부터 너무 많이 도망 와버린
내 나이 마흔 자락인 때문일까.

한옥집은
그네들과 함께
꾸던 꿈이다

한옥집과 사람들

2.

코끝을 간질이는
그 방의 향기와 촉감은 그대로인데

할머니의 방 。

2005년 교사가 되던 그해 5월 22일. 1교시 수업을 끝내고 교무실로 온 내게 집에서 전화가 걸려왔다. 할머니의 별세 소식이었다. 교사 발령 후 이제 좀 정신을 차렸으니 할머니를 한번 찾아뵈어야지 벼르고 있었는데….

그날 오후 나는 고향으로 가는 고속버스에 몸을 싣고 있었다. 할머니를 뵙지 못한 지 어느덧 꽤 많은 시간이 흘러 있었다. 생애 마지막 몇 년을 치매로 힘들게 지내신 할머니. 죄송한 마음과 아득한 그리움이 합쳐져 마음이 쓸쓸하고 착잡했다. 차창 밖으로 흘러가는 5월의 풍경을 바라보며 어느새 나는 그 방으로 돌아가고 있었다. 할머니가 계신 방으로.

댓돌에 신발을 벗고 마루를 지나 미닫이문을 양쪽으로 열면 새로운 세계가 펼쳐진다. '찰리의 초콜릿 공장'보다도 더 신기하고 맛있고 따뜻했던 그 방.

ㄷ자형 기와집의 안채 부엌과 대청마루 사이에 할머니의 방이 있었다. 내가 태어나기 전, 할아버지가 돌아가시고 난 후부터 할머니가 줄곧 사용해오신 방. 댓돌에 예쁘게 신발을 벗어놓고 마루에 올라 할머니 방 문지방 앞에 선다. 나는 그 문지방조차 좋아했다. 집에서 항상 가장 작았기에 문지방 위에 올라가면 깡총하니 키가 커지는 느낌이 좋았고, 심심할 때도 그 위에서 집안사람들의 움직임을 보는 것이 좋았다. 그래서 수도 없이 들었던 그 소리.

"문지방에 올라가면 복 달아난다!"

할머니의 싫지 않은 잔소리였다.

방의 문살을 한참 쳐다보면 'ㄱ'부터 시작해서 'ㅎ'까지 다 보인다. 한글을 익히기 시작할 때였던지 이리저리 글자를 발견하는 것은 재미있었다. 그 다정한 문을 열고 들어가면 늘 깨끗하고 정돈되어 있던 할머니의 방. 온통 신기하고 재미난 것들뿐이었다. 벽에 걸려 있는, 나는 만나 뵌 적도 없는 할아버지

사진은 조금은 어색하지만 따뜻하게 나를 내려다보았다. 가끔은 "할아버지 안녕?" 하고 혼잣말을 할 때도 있었다. 언제나 아랫목에 깔려 있던 금색과 자주색 비단의 두툼한 보료. 그 위에 황새 자수베개를 베고 누운 뒤 등 긁개를 손에 쥐고 방바닥을 딱딱 두드리며 방 주인 행세를 하기도 했다.

방을 빙 둘러 있던 문갑과 자개경대 안에는 할머니의 바느질 도구, 성경책, 옛 물건 등 재미난 것들이 가득했는데, 큰언니는 하도 그 서랍을 뒤져서 뭐가 어디에 있는지 줄줄 꿰고 있었다. 벽에 걸려 있는 달력은 언제나 예수님 그림이었다. 바다에 빠진 베드로에게 손을 내밀던 예수님의 그림은 지금도 그릴 듯이 생생하다. 할머니 방의 정겹고 따뜻한 느낌과 그 그림들은 어쩐지 닮아 있었달까.

그 방은 온통 할머니 냄새로 가득했다.
깔끔했던 할머니의 성격이 그대로 드러나던 방.
너무도 따뜻했던 방.
할머니의 방.

그 방의 하이라이트는 아랫목 뒤에 있는 벽장이었는데, 우리 자매의 술래잡기 단골 비밀 장소였다. 깨끗하고 도톰한 이불들이 얹혀져 있고, 한쪽에는 우리에게 주려고 보관해두신 먹을 것들이 가득했다. 떡, 갱엿, 사탕, 가끔은 초콜릿이나 과자들 등등. 학교에서 돌아와 할머니에게 달려가면 그 안에서 하나씩 간식을 꺼내주시던 할머니의 눈빛과 손길.

그러나 이렇게 다정한 할머니의 방과 어울리지 않는 공간이 바로 곁에 존재했는데, 바로 골방이었다. 방의 안쪽에 있는 또 다른 문을 열면 나타나는 새로운 공간. 그곳에는 크고 높은 까만색 자개 옷장이 빼곡했다. 자개장 말고도 버선장이나 두툼한 나무장들은 마치 여러 개의 관처럼 보여 나는 매번 섬뜩했다. 언젠가 할머니가 그 안에 보관해두신 베옷 수의를 보았던 탓이었을까. 도립병원 장례식에서 보았던 그 옷. 그래서인지 그 공간은 나에게 '죽음'을 연상시켰다. 따끈한 할머니 방과 달리 온기는 없고 공기는 차고 으스스해 혼자 들어가기도 겁이 나던 곳이었다.

엄마가 학교 선생님이어서 어린 시절 할머니와 함께 보낸 시간이 더 많았던 나는 할머니가 곧 엄마였다. 유치원 행사 때마다 할머니가 오셨고, 생일마다 왕관을 쓰고 색종이 목걸이를 걸고 찍은 사진도 할머니와 함께였다. 놀다 지쳐 들어와도 할머니는 나를 보살펴 주셨고, 배가 고프면 그토록 맛있고 고소

한 음식들을 순식간에 차려주셨다. 가족들을 보살피느라 일생을 바치신 할머니의 손은 지문이 닳아 없어졌지만, 그 손에서 나오는 음식들은 마법처럼 맛있었다.

다정했던 시간은 지나가고, 어린 시절 이후 나는 할머니와 많은 시간을 보내지 못했다. 창밖으로 흐르는 봄빛은 할머니를 떠오르게 했다. 따뜻하고 편안하고 언제나 포근했던 그 방과 함께.

지금도 나는 종종 꿈속에서 어린 한옥집의 소녀가 된다. 커다란 청동의 손잡이를 잡고 나무 대문을 열고 뛰어 들어가 제일 먼저 할머니 방으로 기어 올라간다. 다시 자그마해진 통통한 두 다리로 할머니의 냄새가 가득한 그 방문을 연다. 그곳에서는 언제나 할머니가 환하게 웃으시며 벽장에 숨겨둔 맛있는 떡과 옥수수를 꺼내 소녀에게 주신다. 돌아가신 할아버지를 닮았다고 좋아하시던 소녀의 손을 어루만지시며 말씀하신다.

"우리 예쁜 막내구나. 할아버지를 닮아서 손톱이 예쁘기도 하지."

소녀의 코끝을 그 방의 향기와 촉감이 간지럽게 어루만진다.

한옥집에서
40년을 산 소년 이야기

아빠 이야기 。

소년이 태어났을 때
한옥집에서는 돼지를 잡았다.
일주일 동안 잔치가 열렸다.

큰 딸 이후 9년 만에 태어난 아들이었다.
귀한 아들이었다.
부모님의 기대와 달리 소년은
크면서 점점 더 장난꾸러기가 되어갔다.
잠시도 가만있지 않았고

친구들과 어울려 장난치는 것을 좋아했다.

아부지는 무서웠고
엄니는 엄격했다.
아부지가 방에 들어오시면
소년은 "나 똥 마려." 하며 방을 나갔다.
소년은 어리광도 몰랐고 응석도 몰랐다.
가끔 "안마 해라, 진묵아." 하면
그 소리가 그렇게 두려웠다.
아부지가 서울에 가시면 그저 좋았다.

소년은 몸이 날랬다.
타잔처럼 나무를 잘 타고 지붕을 오르내렸다.
이른 가을이 되면
소년은 지붕에 올라가 나무 꼭대기의
가장 먼저 익은, 가장 탐스러운 감들을 따냈다.
지붕 끝에 일렬로 세워놓고
자기 맘에 드는 사람한테만 하나씩 던져주었다.

소년은 정말 몸이 날랬다.

6·25 직후 전기 사정이 좋지 않아

초저녁만 돼도 온 집 안이 깜깜해졌다.

집 앞의 도립병원은 특선으로

밤새도록 환히 전기가 들어왔다.

소년은 전봇대 꼭대기에 올라가

도립병원의 전기를 연결해 한옥집을 밝혔다.

감전이 되어 손이 떨렸다.

식구들은 영문도 모르고 불이 들어왔다며 좋아했다.

꽁꽁 언 개울에서 썰매를 타고

배 서리, 토끼 서리, 닭 서리를 했다.

유황불로 불을 붙이면 닭이 쓰러졌다.

두 마리를 잡아서 중국집에 갖다 주면

한 마리는 주인이 갖고

한 마리는 소년들에게 튀겨주었다.

제민천에서 친구들과 수영을 하고 가재를 잡았다.

어스름이 지면 동네 여인들이 냇가에 목욕을 하러 나왔다.

친구들과 숨어서 불빛을 비추며 장난을 치다

혼쭐이 나기도 했다.

소년에게 한옥집 '광'은

공포의 공간이자 친숙한 공간이었다.

춥고 어두운 광에 갇히면 꺼내 달라고 울고불고 소리쳤다.

문이 닫히고 나서도 한참을 난리를 치다

눈물자국과 함께 잠이 들었다.

그렇게 시간이 지나면

누군가 잠든 소년을 안아 방에 눕혀놓았다.

소년 때문에 여동생들은 자주 울었다.

바로 아래 여동생은 소년이 장난을 치면

분에 못 이겨 울고불고 방방 뛰었다.

별명이 '궁둥방아'였다.

유복녀 사촌누이를 울리면

불쌍한 애를 왜 울리냐고 더 많이 혼났다.

그래도 막내 여동생은 소년이 업어 키웠다.

아기를 띠로 단단히 묶어 업혀주면

그 채로 얼른 뛰어나가 딱지치기 구슬치기를 했다.

아기를 업고도 온 동네 딱지는 다 소년 차지였다.

소년은 장난이 심했지만 마음이 여리고 정이 많았다.

아부지는 매를 자주 들었다.
그것이 겨우 얻은 귀한 아들을
잘 키우는 방법이라고 생각하셨을 게다.
매 맞는 게 싫었던 소년은
야단맞을 일이 생기면 우물 속에 들어갔다.
양팔과 양발로 우물 벽을 지탱하고
스파이더맨처럼 붙어 서서
'나 혼내면 여기서 떨어질 거야.'
식구들을 식겁하게 했다.

한옥집에서 소년의 하루하루는 즐거웠지만 고단했다.

○ ○ ○

한옥집에서 소년이 마음 붙일 곳은 없었다.
아, 딱 한 사람.
열 살 위의 큰 누이가 있었다.

꽃같이 예뻤던 누이.
마을에서 아니 공주 전체에서도

분꽃 같던 누이의 미모는 소문이 자자했다.

전쟁 중 피난 가던 길에

누이에게 첫눈에 반한 군인은

이인면 오실까지

지프차로 가족 모두를 데려다주었다.

집 주소를 적어달라고 했다.

전쟁이 끝난 후

그 앳된 군인은

누이를 만나러 정말 집으로 찾아왔다.

전쟁 중 한 번 마주친

분꽃 같은 처녀를 잊지 못하고

찾아온 군인의 눈빛은

다시 마주하기 애처로웠다.

방이 많았던 한옥집이지만 사람도 많았다.

이러저러한 사연으로 외지에서 온 객식구가 들끓었다.

소년은 건넌방에서 누이와 함께 방을 썼다.

누이는 말썽꾸러기 소년을 예뻐해주었고,

넓은 한옥집에서 외로웠던 소년의 마음을

따뜻하게 감싸주었다.

누이가 스물이 되던 해,

가끔씩 생과자를 들고 찾아오던

양조장집 둘째아들에게 누이는 시집을 갔다.

누이의 온기가 서려 있던 방은 차가웠다.

눈치도 없이 소년은

틈만 나면 누이의 집에 가서 살았다.

이제 소년은 더 이상 소년이 아니었다.

날렵한 턱 선에 제법 큰 키.

반항기 서린 눈빛을 지닌 청년이 되었다.

대학을 가며 소년은 한옥집을 떠났다.

폼 재고 다니는 서울놈들 사이에서

소년과 같은 촌놈들은 맥도 못 추었다.

친구가 소개해준 여학생과는

눈을 마주치는 데도 며칠이 걸렸다.

처음 손을 잡고는

일주일 동안 손을 닦지 못했다.

군대에 다녀온 소년은

길다면 길고 짧다면 짧은 방황을 시작했다.

군대에서 배운 어쭙잖은 운전 실력으로

서울서 운전기사 노릇을 하고,

여기저기 헤매고 다니며 고생을 했다.

고향의 병원에서 폐가 안 좋으니

약을 먹고 요양을 하라고 했지만

들은 척도 않고 길을 떠났다.

서울에도 갔고 부산에도 있었다.

사랑하고 싶었고 사랑받고 싶었다.

그렇게 떠돌며 세월을 보내다

편지 한 통을 받았다.

시골 초등학교 여선생.

아니, 교대생이었던 소녀.

그녀의 마지막 편지가

어렵사리 오랜 시간을 돌아

소년의 손에 들어왔다.

편지를 받은 순간 방황은 끝났다.

그리고 모든 방황의 흔적을 접은 소년은

그녀가 있는 학교로 찾아갔다.

오랜만의 만남이었다.

그렇게 한옥집은 새색시를 맞았다.

또 하나의 전쟁이 시작되었다.

그리고

태어날 아이들과

한옥집은 새로운 생애를 맞았다.

오토바이 타는
여자

엄마 이야기 。

여자의 집은 홍성이었다.
정비공장 집 일곱 남매의 맏딸이었고,
어릴 적부터 야무지고 똑똑하기로
근방에서 소문난 처녀였다.
여자는 꿈이 많았고,
시를 썼고 그림을 그렸다.
여자의 호는 '구름이 머무는 곳', '운주雲州'였다.
흰 구름처럼 아름다운 사랑과 서정을 꿈꾸었다.

그 남자에게서는
방황의 소식이 들렸다.
여기저기서 바람결에 소식이 날아들었다.
부산에서도 서울에서도
또 어딘가에서도.
바람 따라 떠도는 자신을
잡아주길 바라는 남자의 마음을
여자는 느꼈다.
남자의 방황을 멈추고 싶었고
자신에게 그런 힘이 있을 거라고 믿었다.
그리고 그에게 보낸 편지는 돌고 돌아
그를 그녀에게 데리고 왔다.

1972년 4월.
홍성의 한 초등학교 강당에서는 결혼식이 열렸다.
사람들이 많이도 모였다.
누군가는 쌀가마니를 가져왔고,
누군가는 계란 두 줄을 가져왔다.
축의금을 세어준다고 돈을 챙겨간 여자의 동료 선생들은
그날 밤 그 돈으로 진탕이 되도록 술을 마셨다.

온양에서 신혼여행을 마치고 여자는 한옥집으로 갔다.
앞뒤로 바람이 통하는 시원한 대청마루에서
색종이를 오려 연지곤지를 붙이고
폐백을 드렸다.
4월의 한옥집은 아름다웠다.
흰 모란 붉은 모란이 흐드러지게 피었고,
목련은 서럽도록 우아했다.
봄부터 붉은 단풍나무는
유독 그해 봄 더욱 붉게 타올랐다.
한옥집 정원의 휘몰아치듯 아름다운 모습에
여자는 가슴이 두근거렸다.
따스한 볕이 들고 부드러운 바람이 부는 4월의 한옥처럼
그녀의 결혼생활도 그리 아름답길 꿈꿨다.

◦ ◦ ◦

그렇게 여자는 한옥집에서의 삶을 시작했다.
한복을 곱게 차려입은 여자는
아침저녁으로 시부모님께 문안을 드렸다.
하루는 저녁인사로

"아버님 어머니 편히 쉬세요."라고 했더니
서울서 와 계시던 고모님께서
그 말은 어른이 아랫사람에게 쓰는 말이라 하셨다.
큰 한옥살이에서
바지런하신 시어머니는 어려웠고,
큰 나무처럼 든든하던 시아버지는
얼마 후 중풍으로 쓰러지셨다.

일하는 사람이 몇씩 있어도
한옥집 살림은 크고 버거웠다.
소문난 살림 솜씨의 시어머니에게
여자는 부족한 며느리였다.
게다가 여자는 계속 학교 선생을 했다.
직장생활에 시부모 봉양에 만삭이 된 여자는
매일매일이 힘겨웠지만
작은 몸으로 악착같이 버텼다.
일하는 사람들에게 본이 되어야 한다는
시어머님의 말씀에
어둑어둑한 새벽부터 일어나 아침을 거들고,
학교에 나가 밤 10시경 야간자습 감독까지 하고

집에 들어오는 날이 허다했다.

직장을 그만두라는 큰시누의 흔쭐도 들었다.

하루는 잠옷을 입고 있다가

시어머니가 밤늦게 교회에서 오시는 소리를 들었다.

잠옷이 부끄러워 방 안에서 인사를 했다.

"옷 갈아입고 나오거라."

처음으로 호된 꾸지람을 들었다.

여자의 눈물은 밤새 멈추지 않았다.

임신 중에 집안에 추도식이 있어

다양한 음식 준비를 하면 그게 그렇게 먹고 싶었다.

"제사 음식은 손대는 것 아니다."

라는 단호한 어머님의 말씀에 감히 먹을 생각을 못 했다.

친정어머니가 보고 싶었다.

둘째딸이 장이 꼬여 호되게 아팠을 때 여자는 사표를 냈다.

하루라도 더 아기 곁에 있어주고 싶었다.

그러나 교장 선생님은 시간을 두고 생각하라 하셨고

사표를 서랍에 넣어두셨다.

거꾸로 매달아도 시간은 흘렀다.

여자에겐 세 딸들이 태어났다.

아들을 못 낳았다는 죄책감이 늘 있었지만

그래도 세 딸들은 씩씩하게 자랐다.

여자도 한옥살이에 요령이 생겨갔다.

시어머니 허락 없이 세탁기를 사 왔더니

"손모가지가 부러져도 저기에 빤 옷은 못 입는다." 하셨다.

하지만 여자는 처음엔 몰래몰래,

나중에는 시어머니도 사용하시게끔 했다.

여자는 점점 강해졌고,

한옥살이에 익숙해져 갔다.

매일매일 세 아이를 키우며

기동성 있게 움직여야 했던 그녀는

공주 시내 최초로 '오토바이 타는 여자'가 되었다.

수업을 하다가 점심 시간에 나와 시장도 다녀오고

아이들 소풍에 가서 김밥을 함께 먹고 오기도 했다.

아침이면 원피스를 휘날리며 하얀 모자를 쓰고

오토바이를 타고 달리는 여자의 모습은

시내의 명물이 되었다.

오토바이 앞에 딸 하나,
뒤에 딸 둘을 태우고 다니는 모습도
사람들의 시선을 끌었다.
그녀를 시작으로 시내의 여교사들도
하나둘씩 오토바이를 타기 시작했다.
오토바이 가게에서 고맙다며 추석에 갈비를 보내왔다.
한번은 오토바이를 타고 가다가 작은아이가 말했다.
"엄마, 언니가 없어."
놀란 여자가 멈추어 보니
저만치 뒤에 큰아이가 떨어져 있었다.

여자는 더욱더 이를 악물었고, 강해졌다.
흩날리던 안개꽃 같던,
흰 구름을 그리던,
사랑을 꿈꾸던 여자는
'남편 없는 인왕산 호랭이도 잘만 산다.'를
맘속에 품고 사는
한옥집 안주인이자
강인한 세 딸의 엄마가 되어갔다.

○ ○ ○

왕촌 살던
처녀

복렬 언니 이야기 。

계룡산 자락 왕촌에 살던 젊은 처녀 복렬 언니는 그 어느 해 봄, 한옥집 살림을 도우러 왔다. 젊은 처녀라고 했지만 그래봐야 열예닐곱 살. 아직 앳된 소녀의 티를 벗기에도 어린 나이였다. 그럼에도 중단발에 곱슬한 앞머리, 투실투실한 몸집에 두덕두덕한 얼굴, 잘 웃고 친근한 인상은 순박한 처녀다워 보였다.

새댁이었던 엄마는 학교에 나가고, 할머니는 복렬 언니를 옆에 끼고 제대로 살림을 하나하나 가르치셨다. 잘 배워서 나중에 우리 집을 나가도 어디서든 써먹으라 하셨다. 큰 한옥집 살림이 결코 쉽지 않았지만, 복렬 언니는 할머니가 가르쳐주시는 대로 넙죽넙죽 잘도 배워나갔다.

식사 한번을 하려 해도 부엌부터 대청까지 서너 번은 족히 오가야 했던 한옥집 식사였다. 부엌에서 문지방을 건너 댓돌에 신발을 벗고 마루에 올라 대청에 갔다가 다시 또 신발을 신고 부엌에 가야 했다. 젓갈을 꺼내러 뒷편 광에, 된장을 꺼내러 장독대에, 식사 중간에는 언제나 가마솥 누룽지를 끓이러 부엌으로 나가던 그녀였다. 식사 중간에 미리 불에 올려놓은 누룽지를 국자로 박박 긁은 후 누르고 저어 만든 누른밥과 숭늉은 빠질 수 없는 최고의 마무리였다. 언니가 한옥집을 떠날 때쯤엔 제법 큰 스뎅 국자가 반은 닳아 없어졌을 정도였다.

언니 덕분에 대청은 늘 반짝반짝했다. 청소를 해도 자기 발자국이 안 남게 뒤로 기어 나오며 걸레질을 하는 법까지 야무지게 배워 그대로 했다. 할머니는 불평 없이 일 잘하는 복렬이가 맘에 들었고, 무척 예뻐하셨다. 큰방마님의 사랑을 등에 업은 그녀는 엄마에게 종종 툴툴댔다. 그녀가 보기에 새댁 아줌마는 세상 편해 보였다. 아침 먹고 설거지도 안 하고 나가서 온종일 밖에 있다 들어오니 말이다. 그녀의 텃세는 때때로 엄마를 힘들게 했다. 언니는 스물도 안 된 어린 처녀, 새댁 아씨가 왜 얄밉지 않았으랴.

할머니는 그녀에게 젓갈을 맛있게 무치는 법도, 한옥집의 전통

요리들도 가르치셨다. 복렬 언니가 새콤하게 무쳐낸 젓갈은 일품이었고, 된장찌개는 칼칼하니 맛이 좋았다. 언니의 된장찌개 한 투가리만 있어도 아빠는 식사를 만족스럽게 끝내셨다.

손님치레가 많은 한옥집에서 잔치가 한번 열리면 복렬 언니는 하루이틀을 앓곤 했다. 잔치 후에 설거지가 아무리 많이 나와도 할머니는 "절대로 숟가락 3개 이상을 한 손에 잡고 씻지 말라."라고 말씀하셨다. 그래도 잔칫날은 좋다고 말하던 그녀였다. 남은 음식이 많아서 그걸로 요리조리 며칠을 먹을 수 있다고 했다. 언니는 남은 음식을 응용해서 전찌개, 나물비빔밥 등을 곧잘 했다.

할머니는 시장에 나가실 때면 조그마한 선글라스에 꽃무늬 양산을 쓰고 나비잠자리같이 화사한 모습으로 길을 나섰다. 그 뒤로 덩치가 큰 복렬 언니를 대동하면 동네 사람들은 그 깔끔하고 야무진 행차에 "깔쌈부인 나가신다."라고 했다.

아마도 한옥집에 6~7년은 있었을 게다. 옆집의 연미 언니네서 복렬 언니를 중신했다. 살림 잘하고 믿음직해서 좋다고 했다. 연미아빠 큰집 장손 조카랑 데이트를 몇 번 하더니 얼마 후 결혼을 했다.

한번은 공주 시장통에서 엄마는 복렬 언니를 만났다.

"아줌마. 그땐 아줌마가 얄미웠어요. 아줌마는 부족한 게 없어 보이고, 하루 종일 밖에 나갔다 늦게 들어오니까 편할 것만 같았어요. 세월이 지나니 아줌마가 그때 얼마나 힘들었는지 알 것 같아요."

제법 세월의 흔적이 묻은 여편네의 얼굴을 한 그녀가 말했다. 언니 뒤에 업혀 있는 그녀를 꼭 닮은 아기가 칭얼대고 있었다. 계룡산 어느 자락에서 언니의 그 시절 모습을 꼬옥 닮은 야무진 딸을 키우며 어쩌면 그 딸의 딸의 재롱을 보며 지금도 잘 살고 있겠지. 문득 먼 옛날 내 고향 어느 이야기 속에 살던 복렬 언니의, 중년 여인이 되었을 넉넉한 모습과 웃음소리를 그려본다.

드가의 그림 속
발레리나 소녀들을 꿈꾸며

한옥집 딸들 。

아빠는 지금도 종종 말씀하곤 하신다.
"사람들이 그렇게 어쩌구저쩌구 하고
딸만 있어 어떡하냐 해도
난 하나도 안 섭섭하다.
한 번도 아들 갖고 싶다 생각해본 적이 없어.
나는 공주님도 있고
기집애도 있고
딸도 있으니 걱정이 없다."
라고.

그치만 내가 태어났을 때

아빠는 곁에 없으셨단다.

친구분들과 일본에 여행을 가 계셨다나.

물론 아이가 언제 나올지 몰랐다고 하지만

내가 아들이었다면

과연 그렇게 시덥잖은 출생의 대우를 받았을까.

아빠와 작은아빠.

아들이 둘이었던 한옥집.

작은집에서 작은엄마가 딸을 낳고,

큰집에서 우리 엄마가 딸을 낳고,

작은집에서 또 둘째 딸을 낳고,

우리 집에서 또 둘째 딸을 낳고,

작은집에서 또 셋째 딸을 낳고,

우리 엄마가 세 번째로 임신을 했을 때

사람들은 양수검사를 하라 했단다.

또 딸이면 어떡하냐고.

그러나 엄마는 뱃속에 있는 내가

꼭 딸일 것 같더란다.

그래서 끝까지 검사를 하지 않았다 한다.

엄마는

발레와 소녀를 사랑했던 화가 드가의

그림 속에 나오는

그런 딸을 낳고 싶었단다.

갈색 머리에 흰 피부,

날아갈 듯한 레이스가 잘 어울리는

꿈을 꾸는 듯한 눈빛을 가진 소녀.

구렁이 꿈을 꾸고 큰언니가 태어났을 때

엄마는 시를 썼다.

시리도록 흰 얼굴의 아이는

숱 많은 갈색 머리를 지녔다.

숲속 나뭇잎 사이의

분홍빛 아기 엉덩이 같은

복숭아 꿈을 꾸고 태어난 작은언니는

내가 태어나기도 전

큰 수술을 두 번이나 했다.

이 아이가 사라질까 두려워

엄마는 아이가 클 때까지

밤마다 아이의 숨소리를 확인했다.

태몽도 없이 내가 태어난 후
할머니께서는 엄마한테 그러셨단다.
서울에 있는 할렐루야 기도원에 가서
기도도 받고
몸과 마음을 정결하게 한 후 넷째를 가지라고.

그러나 엄마는 더 이상 아이를 낳지 않았다.
드가의 그림 속 발레리나 소녀들처럼
머리에 리본을 매주고
하얀 튜튜 같은 원피스를 만들어 입혀줄
딸이 셋씩이나 있으니
더 이상 아쉬움이 없다고 생각했다.

그리고 다행히도
두해 뒤.
작은엄마는 넷째로 아들을 낳았다.

세 딸들은 한옥집에서 새싹처럼 목련꽃처럼 자라났다.

동자승 얼굴의 환영은
어디로

미래의 남편 。

엄마는 수유를 할 때 젖이 불면 쉬는 시간에 자전거를 타고 집
에 와서 젖을 먹이고 다시 학교로 가셨다. 미안한 마음에 선생
님들을 위한 커피를 가득 타서 보온병에 담아 가기도 했다. 자
전거에 보온병을 싣고 가다 몇 통을 깨먹었다. 아무튼 그렇게
모유를 먹고 자란 우리는 다들 토실토실 영양이 넘쳤다. 시골
동네였기에 학교와 집이 가까이 있었던 덕이다. 지금은 상상
도 할 수 없는 일이지만.

수유의 기억은 공주여중에서 근무하실 때의 이야기이지만, 나
의 기억이 시작된 이후로 엄마는 시내의 하나뿐인 남녀공학,

사대부속중학교에 언제나 근무하고 있었다. 그래서 우리는 늘 '사대부중은 엄마학교'라고 생각했다. 심지어 큰언니는 엄마가 수업하시는 창 밖 언덕에 앉아서 엄마를 바라본 적도 있었단다. 그걸 발견한 엄마가 얼마나 깜짝 놀랐을지!

엄마가 휴일에 당직을 서는 날이면 막내인 나는 엄마를 따라가 구석에 앉아서 그림도 그리고 짜장면도 시켜 먹었다. 뿐만 아니라 학교에서 여기저기 소풍이나 수련회를 갈 때도 나를 달고 다니셔서 선생님들의 귀여움을 독차지했다.

특별히 나를 예뻐해주시던 선생님들 생각이 지금까지 나는데, 그중에 김 선생님은 나중에 내가 커서 중학생이 되어도 늘 애기 보듯 장난을 치곤 하셨고, 민 선생님은 나만 보면 내 이름을 따서 "수진이 날진이 해동청 보라매~" 하시며 창을 하셨는데 그게 그렇게 재미있을 수가 없었다. 그런 우리 가락이 있는 줄도 처음 알았고, 선생님의 가락 속에서 평범한 내 이름이 꽤나 멋지게 들리기도 했다. 지금도 그 선생님들을 기억하면 마치 다정한 은사님들처럼 미소가 떠오른다.

그렇게 나는 막내라는 특권으로 엄마 치맛자락을 붙들고 어디든 따라다녔다. 언젠가 몇 년 동안 엄마가 '청소년연맹부' 담당 교사였던 적이 있었다. 뭣도 모르고 엄마와 여행을 많이 다니니 나야 그저 신나 했지만, 지금 생각하면 얼마나 힘드셨을지 상상이 안 간다. 한 치 빈 틈 없는 시어머니와 친구 좋아하던 아빠 덕에 손님이 끊이지 않았던 한옥살이. 거기에 하루 여덟 시간이 넘는 수업에 담임에 때론 입시까지. 아침마다 오토바이를 타고 다니며 씩씩하게 해내신 엄마의 그때 생활을 생각하면 과연 엄마도 그때가 그리우실까 싶다.

그러나 나에게는 엄마의 청소년연맹부 담당 몇 년은 꽤 의미가 깊은 시간이었다. 엄마를 따라서 많은 곳들을 다녔던 시간. 때론 강가에서, 때론 산에서 텐트를 치고 수영을 하고 등산을 하던 즐거운 기억들이 많다.

어느 날인가는 청양 칠갑산에 올랐다. 등산은 어떻게라도 피하고 싶었지만 결국 등반을 하게 되었다. 얼마나 힘들게 고생을 했는지! 산에 오르다 보면 엄마는 다른 팀에 합류하고 나는 중학생 언니들과 선생님이랑 가고 있었는데, 힘들다고 말도 못 하고 드러눕지도 못하고 정말 '다신 산에 안 와!'를 속으로 연발하는 힘겨운 산행이었다. 내려오는 길에 우리는 어느 산사에 들어가서 쉬게 되었다.

"수진아, 이리 와봐."

엄마의 부름에 불당 안쪽을 들여다보았는데, 그곳에는 아주 작은 민머리의 불상 수십 개가 마치 합창단원들처럼 늘어서 있었다. 그 강렬함에 왠지 시선이 가서 얼어붙은 듯 그 자리에 꼼짝을 못 하고 서 있었다. 멍하니 서 있다 정신이 든 나에게 선생님들이 하시는 말씀이….

"수진아, 그 불상 얼굴 좀 봤어? 니가 처음 본 얼굴이 나중에 니 남편 얼굴이란다!"

"네?! 으악! 어떻게 그럴 수가!"

미래의 로맨스와 남편에 대해 물론 생각도 해본 적 없었을 어린 나이였지만, 그래도 동화책의 왕자님 정도에는 빠져 있을 나이였다. 나름 만화책도 읽었을 나이였으니까. 그런데 저 얼굴이 내 남편이라니! 거기에 왜 이리 처음 마주친 얼굴은 선명한 건지!

그 어린 동자승 얼굴의 환영은 두고두고 나를 괴롭혔다. 미리 말이라도 해줬으면 눈을 질끈 감고 잘 선별해서 쳐다보았을 텐데. 내가 본 얼굴은 아무리 생각해도 매력이라곤 없는, 말 그대로 그냥 민머리 동자승이었다. 눈은 찢어졌던 것 같고, 코는 낮았던 것 같고, 입도 삐죽 나온 듯했고.

그 얼굴은 점점 더 공포스럽게 변해서 내가 기억할 때마다, 그리고 그 기억을 쫓아내려 할 때마다 꿈에서고 현실에서고 악착같이 나를 따라다니며 '내가 니 남편이야!'라고 외치는 듯했다.

○ ○ ○

많은 세월이 지나고 난 뒤 문득 생각해보니 내 옆에 앉아 있는 남자의 인물이 그 동자승과 닮은 듯도 하다. 요즘은 머리가 자꾸 빠져서 걱정이 많은데 민머리에 코가 낮은 남자를 만날 인연은 어쩌면 그때부터 정해져 있던 슬픈 운명이었을까.

칠갑산.

그 영겁 같은 운명의 산에 오른 순간부터.

삶은
그렇게 이어지고

사랑채 사람들 。

사랑채라고도 하고 별채라고도 하던 그곳.
'ㄷ'자 한옥집의 아래 가로에 해당하는 집.

사랑채는 중정을 향하지 않고 바깥쪽을 향해 있어 그곳에 가
려면 건물 모퉁이를 돌아 들어가야 했다. 아마도 식구가 아닌
다른 사람들을 위한 집이나 행랑채로 쓰기 위해 일부러 그런
구조로 만드신 게 아닌가 싶다. 말하자면 서로의 '사생활 보호
차원'이랄까.
사랑채 바로 뒤로는 우리가 '목욕탕'으로 쓰던 작은 집과 예전

엔 우물이었던 수도 펌프가 있었다. 거기서 놀다가 사랑채에서 무슨 소리가 나면 궁금해서 뛰어가서 들여다보기도 하고, 남새밭에 갈 때면 괜스레 호기심에 한 번씩 슬쩍 살피곤 했던 곳.

사랑채에는 언제나 다른 세계의 이야기가 존재했다. 적지 않은 가족과 사람들이 스쳐갔고, 한 명 한 명의 인생만큼이나 묵직한 삶의 무게와 고단함이 그곳을 채우고 지나갔다. 한 울타리 안에 있는 하나의 집이었지만 저마다의 사연들을 가진 채 살고 있던 이들의 공간. 알 것도 같고 모를 것도 같던 그들의 삶과 이야기가 존재하던 그 집. 그곳이 바로 '사랑채'였다.

내가 태어나기 아주 오래전부터 그곳은 많은 이들의 쉼터였고 주막이었고 피난처였다. 6·25사변 중 전라도를 향해 피난을 가던 이들이 공주를 지나갈 때면 으레 크고 인심 좋던 한옥집 사랑채에 짐을 풀고 쉬어 가던 일들이 많았고, 당시 버스회사를 운영하시던 할아버지께서 언제 올지 모르는 버스를 밤새 기다리던 이들을 집으로 데려와 재우고 먹이고 하시던 곳도 사랑채였다.

○　○　○

그렇게 뜨내기들이 수없이 스쳐 지나가던 방에 6·25가 끝날 무렵부터 오랜 시간을 정붙이고 살게 된 가족이 있었는데 '창호네'였다.

중학생 아들이 둘이었다. 남의 집 사랑채에 살며 여유 있는 삶이었을 리 없는 거야 자명하지만, 창호네는 한겨울에도 여름용 지푸라기와 왕골을 바닥에 깔고 자는 형편이었다. 그래도 날마다 방바닥에 엎드려 그리 열심히 공부를 하던 형제였다고 했다. 형제는 아빠 남매들과도 친했고, 그중 아빠와는 유독 각별한 정을 나누어 아빠는 그들을 "형, 형!" 하면서 잘 따라 오래도록 그 인연은 이어졌다.

창호네 형제는 둘 다 서울에서 사업가로 성공을 했다는데, 언젠가 한 분이 아빠에게 자신이 관리하는 '핸드폰 회사'의 충남 총판을 내줄 테니 맡아서 해보지 않겠냐고 제안하셨단다.

개인 휴대폰이 막 생기기 시작한 초창기 시절이었다. 당시 아빠랑 엄마는 그 제안을 받고서는 '무슨 말도 안 되는 소리야. 사람들이 집에 다 전화가 있는데 그걸 왜들 사겠어? 하나씩 전화기를 들고 다니는 세상이 온다는 게 말이 되나! 그게 어디 잘되겠어?' 하고 생각하셨단다. 시대를 읽지 못한 것이 못내 아쉽다고 지금에서야 말씀하시는 두 분이다. 그때 그 제안을 받아들였다면 지금쯤 떼부자가 되었을지도 모른다는 아쉬운 가정假定이다.

○ ○ ○

용궁다방과 함께 떠오르는 새댁 이야기도 있다. 지금도 부모님이 "조카 밥 해주던 새댁"이라 말씀하시는 뽀얗고 탐스러운 목련꽃 같던 새댁 아줌마. 공주사대를 다니는 조카를 돌보아주며 사랑채에 세 들어 살던 그 새댁은 할머니를 따라 교회에도 다니고 싹싹해서 할머니가 참 예뻐하셨다.

가끔씩 사랑채에 드나드는 할아버지 한 분이 계셨다. 다들 그분이 새댁 아줌마 아버지나 삼촌인 줄 알았다. 그런데 호기심에 사랑채 앞을 얼쩡거리던 우리 눈에 포착된 광경은 아무리 봐도 새댁 아줌마와 할아버지 관계가 부녀지간이라기엔 이상하고 묘한 분위기였다.

"엄마, 저 할아버지가 아줌마 남편이야!"

얼른 엄마에게 달려가 냅다 말한 건 나였는지 큰언니였는지 모르겠다. 아마도 한 살이라도 더 많아 상황 파악에 빨랐을 큰언니였겠지. 그 이야기를 듣고 나서는 아무래도 모두가 껄끄럽고 이상한 눈치를 감추지 못했을 것이다. 애들이 그런 소리를 했으니 부모님으로서도 신경 쓰였을 법하다. 하긴 워낙에 사연 없는 인생이 없던 시절이었다. 사연 없는 인생이 더 이상하다고 여겨지는 시절이었다.

그러던 얼마 후 조카의 졸업과 함께 그들은 사랑채에서 방을 뺐고, 그로부터 1~2년 후던가 엄마는 전화 한 통을 받았다.

"김 선생님이시죠? 저 사랑채 새댁이에요. 조카 밥 해주던…. 한번 뵙고 싶어요."

그렇게 걸려온 전화에 엄마가 나간 곳은 '용궁다방'이었다(궁전다방인지 용궁다방인지 둘 다 아닌지 확인할 길 없는). 전보다 더 두둑해지고 진한 화장을 하고 있어 그 뽀얗던 새댁의 인상은 온간데 없었고, 그 다방의 주인마담처럼 보였다.

"그때 제대로 사정 설명도 못 하고 들어갔는데, 늘 믿어주시고 잘 대해주셔서 감사했어요. 사실 그때 그 영감님이 제 남편 맞아요. 집이 어려워서 어릴 적부터 이 다방 저 다방을 돌며 다방 레지로 전전하던 저를 머리도 얹어주고 살림 차려 다방에서 빼내준 분이 그분이셨어요. 가정이 있으신 분이었지만 그래도 저에겐 감사하고 소중한 분이셨지요. 그렇게 가끔씩 제 거처에 들러주셨고 생활비도 대주셨어요. 그런데 결국 다 소문나서 못 살고 헤어지게 됐어요. 이후에 저는 다시 떠돌게 되었죠. 김 선생님께는 언젠가 꼭 말씀 드리고 싶었어요."

그렇게 긴 사연을 담담하게 이어나가는 그녀의 입술에 바른 립스틱은 붉고 진했다. 하지만 떨리는 목덜미는 여전히 희고 청순했다. 수없이 많은, 맑고 어린 소녀들이 그렇게 다방으로 술집으로 전전하던 시절이었다. 인생의 흐름에 자신을 맡기고, 가정이 있는 늙은 남자에게 자신의 순정을 바친 그녀를 누가 감히 손가락질할 수 있으랴. 그녀의 인생에 회한과 안쓰러움만이 묻어났다.

○ ○ ○

"나 과장님!"
"수사 과장님!"
우리는 아저씨를 그렇게 불렀다. 한참 〈수사반장〉 드라마가 인기리에 방영될 때였다. 우리 집 아래채에 묵으며 바람같이 드나들던 나 과장님은 드라마의 최불암 캐릭터 저리 가라 할 만큼 카리스마 넘치시던, 어떤 범인도 한방에 다 때려잡으실 것 같은 패기 넘치는 분이셨다. 그런 분이 우리 집에 머물고 계시다니 참으로 멋지고 근사한 일이었다.

아저씨의 본댁은 대전이었고 딸도 셋 있으셨지만, 공주로 발령을 받고 홀로 계실 곳을 찾다가 우리와 인연을 맺게 되었다. 예쁘고 세련된 사모님이 가끔씩 들러서 아저씨 살림도 챙겨주시며 부모님과도 우리와도 무척 가까운 사이가 되었다. 아빠와 도립병원에서 아침마다 테니스도 치고 함께 식사도 자주

하셨는데, 지금도 기억나는 일화가 있다.

그날 아침, 나 과장님의 다급한 목소리가 들렸다.

"할머니, 할머니, 누가 여기 왔었어요?"

아빠가 다급히 나가서 사태를 파악하니 아저씨 차에 불이 붙어 타이어와 범퍼가 일부 녹아 있더란다.

"누가 여기에 불을 붙이고 간겨?"

"쓰레기통에 안 꺼진 연탄 불씨를 누가 넣었구만. 어머니가 그러셨을 리는 없는데?"

이런 목소리들이 오가는 사이 정작 범인인 엄마는 놀라고 부끄러워서 밖에도 못 나가고 방 안에 숨죽이고 있었다. 출근 준비를 하셔야 했지만 남의 차에 불을 냈으니 민망하고 무서워 나갈 수가 있나. 간밤에 연탄 불씨가 제대로 안 꺼진 걸 모르고 아저씨 차 근처에 있는 쓰레기통에 버린 게 화근이었다. 그 열기에 차 범퍼와 타이어가 녹아내린 것이었다. 하지만 아저씨가 누구인가. 아저씨와 아빠, 할머니는 금세 범인 색출을 다 끝내셨다.

"아이고 김 선생, 이제 그만 나와요. 남편이 다 물어주겠지 뭐가 걱정이여. 차 다 탔어도 괜찮아요."

껄껄 웃으시며 그리 말씀하시는 나 과장님의 목소리였다.

엄마는 두고두고 그 이야기를 하시며 나 과장님의 여유와 유

머를 높이 평가하셨다. 남의 차를 홀딱 태워버릴 뻔했던 그날
의 화끈했던(?) 기억과 함께.

○ ○ ○

마지막으로 이야기하지 않고 지나갈 수 없는 가족은 바로 화
순 언니네다. 도립병원 매점을 하고 있던 이국적인 외모의 아
줌마와 화순 언니 역시 우리 집 누마루 뒤채에 꽤 오랫동안 살
았던 가족이었다. 언니가 공주교대를 다니는 동안이었다. 서
산에서 공부를 잘한 언니가 공주까지 유학을 와서 지내며 아
줌마가 같이 오신 것이다.

우리는 언니랑 꽤 친해서 누마루 뒷방에 자주 놀러가곤 했다.
사랑채에 비하면 누마루 뒤채는 더 작았지만, 방이 높아서 더
아늑하고 부엌도 아기자기했다. 그 앞마당에서 자주 나무를
타고 놀던 우리는 심심하면 언니 방에 놀러가고, 부엌에서 맛
있는 걸 얻어먹기도 했다. 아줌마는 담배를 피우셨는데, 그 모
습이 어린 나에게는 신기하기도 멋있어 보이기도 했다. 아빠
가 피는 담배와는 또 다른 분위기가 풍겼던 것이다.

그런데 정작 지금도 강렬하게 떠오르는 사람은 따로 있는데,
바로 화순 언니의 이모였다. 그 집에 종종 드나들던 언니의 이

모는 여자가 맞긴 맞는 것 같은데, 짧은 커트머리에 작업복 바지, 영락없는 남자 차림으로 우리를 헷갈리게 만들었다.

"엄마, 저 이모는 여자야 남자야?"

이모가 올 때마다 그렇게 묻곤 했다.

"이모니까 여자지."

대답은 그리 하셨지만 엄마도 헷갈려 하시는 것 같았다. 아무튼 그 이모는 여자로 보이지는 않는, 한 번도 보지 못한 희한한 사람이었다. 한번은 아줌마가 우리 엄마에게 하소연하듯 그렇게 말씀하시더란다.

"어렸을 때는 평범했어요. 그런데 고등학교 가면서부터 저렇게 남자처럼 하고 다니고 여자친구를 좋아하는 거예요. 여자친구가 어디 나가지도 못하게 하고. 지금은 그 친구랑 같이 살면서 얘가 돈 벌고 그 애는 집에서 살림하고 지내요. 우리가 보기엔 이상해도 지들끼리는 남들 부부랑 똑같이 그렇게 평범하게 살더라고요. 언니로서 마음은 아프지만 어쩌겠어요, 지가 행복하다니…."

이 이야기는 나도 한참 커서야 들은 이야기이며, 당시로서는 묘한 분위기의 화순 언니 이모가 그저 신기할 뿐이었다. 또한 내 인생에서 처음 겪는 성소수자의 경험이기도 했다. 훗날 성소수자가 사회적 이슈로 떠오르면서 나는 종종 어린 시절의 그 이모를 떠올리곤 했다. "지가 행복하다니 어째요."라며 쓸쓸히 웃으셨을 화순 언니 엄마와 함께.

그 이모는 지금도 행복할까? 그때부터 쭈욱 행복했길 빈다. 아무것도 모르고 눈을 똥그랗게 뜨고 이모를 구경하듯 쳐다보았을 어린 나와 자매들의 시선, 사람들의 수군거림, 당시 시골의 보수적인 분위기가 그 이모의 행복을 훼손하지 않았기를 간절히 바란다.

참으로 많은 이들이 드나들었던 사랑채였다. 병아리 감별사가 되어 미국으로 떠난 숙이 엄마아빠, 할아버지가 착실함을 인정해 경영하던 공신상회를 물려주셨던 민섭이 형네, 도립병원 간호사를 하던 아내와 대전에서 교수를 하던 남편의 정 좋은 부부 등 다 하지 못한 이야기들이 많다.

넉넉한 대지만큼 낯선 이들을 야박하게 내몰지 않고 품어주었던 한옥집이었다. 하나의 담 안에 있었고, 하나의 이야기를 만들어가는 한식구였다. 모든 사연을 공유할 수 없고 모든 고민을 덜어줄 순 없었으나, 고단함을 잠시나마 내려놓고 다시 한번 힘을 내어 앞으로 나아갈 수 있게 해주던 곳이었다.

오랜 세월이 흘렀다. 6·25 때 보따리를 이고 드나들던 이들은 70년이 지난 지금 대부분 돌아가셨을 것이고, 그토록 호기 넘치던 나 과장님도 몇 년 전 돌아가셨다는 소식을 들었다. 하지만 그들의 자손들은 번성하고 뿌리를 내려 이곳저곳에서 단단하게 살아나가고 있을 것이다. 그들의 부모가, 조부모가, 조부모의 부모가 언젠가 스쳐가고 머물렀던 공주 골목 끝 한옥집의 기억을 세월에 품고, 이야기들은 시간 속에 흘러가고 그렇게 삶은 이어지고 있을 것이다.

금슬 좋은
부부

할아버지와 할머니 。

"나는 니 엄마 없이는 못 산다. 내가 먼저 죽어야지. 니 엄마 먼저 죽으면 삼우제 치르고 나도 바로 따라갈 거다."

입버릇처럼 그리 말씀하시던 할아버지는 바라시던 대로 할머니보다 먼저 저세상으로 가셨다. 그것도 한참 먼저. 그래서 나는 할아버지에 대한 기억이 없다. 내가 태어나기 얼마 전 돌아가셨으니까.

그래서였을까. 엄마가 셋째 딸인 나를 낳고 병원에서 돌아오던 날, 할머니는 나를 안고 그토록 서럽게 우셨단다. 돌아가신 할아버지께 죄송하셨던 걸까. 사람들은 "그 냥반이 손녀딸 셋

낳는 거 안 보고 돌아가신 게 다행"이라고들 이야기했단다. 편찮으신 상태에서 셋째도 딸인 것까지 아셨다면 기함을 하셨을 거란 이야기다. 심지어 작은집도 딸만 셋을 내리 낳았을 때였으니. 만일 내가 아들이었다면 할머니의 허한 마음을 달래드릴 수 있었을까.

할아버지는 중풍으로 돌아가셨다. 쓰러지고 3년을 누워 지내셨는데, 할머니가 그때 할아버지를 보필한 이야기는 내가 어려서부터 두고두고 들어온 전설 같은 이야기다.

"수시로 똥오줌을 받아내시는데 단 한 번 남의 손을 빌린 적이 없었다."

"배변 시간과 식사 시간을 정확하게 매번 기록하셨는데, 할아버지가 돌아가셨을 때 그 수첩이 빼곡했다."

"누워 계신 중에도 양곰탕이며 족탕이며 할아버지가 좋아하시던 온갖 음식을 지성으로 해서 드렸다."

그렇게 하셨기에 너무도 지친 할머니는 어느 날엔가 할아버지를 애잔하게 바라보시며 "영감, 이젠 당신도 그만 가요…. 이젠 가야죠…." 그렇게 혼잣말로 허망하게 말씀하시던 것을 어린 고모는 기억하고 있다.

왜 아니 힘드셨으랴. 그렇게 다부져 보여도 할머니는 그저 작고 가냘픈 여인네였던 것을. 왜 아니 지치셨으랴. 지극정성으로 남편과 시어머니를 섬기고 자식들을 돌보며 살아온 세월들에.

나의 부모님도, 아빠의 형제들도 그렇게 금슬 좋은 부부는 못 봤다고들 한다. 할머니의 할아버지 간병 이야기는 전설이 아니라 신화가 되어 아직도 우리 집안을 떠돌아다니고, 할머니가 할아버지를 섬긴 예화들은 우리 집안 남자 어른들이 여자들에게 불만을 토할 때면 은근히 등장하는 레퍼토리였으니까.

아빠나 고모들은 가을이 오는 계절의 변화를 한옥집의 한약 냄새로 알았다고 한다. 입추가 지나 처서 즈음이 되면 할아버지는 한약을 몇 재 들여놓고 일하는 사람들로 하여금 달이게 하셨다. 위장병이 있어 위를 잘라내는 대수술까지 하셨던 할머니를 위한 보약이었다. 또한 날마다 저녁 일과가 끝나고 나면 할아버지가 홀로 쓰시는 안채에 할머니가 들어 두 분이 담소를 나누셨는데, 밖으로 웃음소리가 끊이지 않고 흘러나왔다.

그러나 아무리 할아버지가 할머니를 위하셨던들 남편과 시어머니 그리고 자녀를 위해 모든 것을 바치신 할머니의 헌신과 희생에 비할 수 있을까. 할머니는 매일 새벽 4시면 일어나셨다. 참빗으로 한 올 흐트러짐 없이 머리를 쪽져 올리고, 소박한 한복 차림에 빳빳하게 풀을 먹인 광목 행주치마를 걸치고 방을 나서면 종일토록 벗을 일이 없었다. 일하는 사람이 두셋씩 있어도 시어머니와 할아버지의 음식을 다른 사람 손에 맡긴 적이 없었고, 모든 살림을 꼼꼼히 직접 챙기셨다. 날이 저물기 전엔 편히 앉거나 눕는 것 한 번을 볼 수 없었던 분이었다.

전날 할아버지께서 약주라도 드시고 온 날이면 아침을 위해 해장국이나 흰죽을 준비하셨는데, 할머니의 흰죽은 죽이 아니라 정성이었다. 저녁에 물에 담가놓은 쌀을 쌀 톨이 반보다도 작아질 때까지 손으로 바가지에 '파내기'를 하신다. 그렇게 쌀을 문질러 대느라 지문이 다 닳아 없어졌을 거라고, 할머니의 지문이 사라진 이유를 고모는 추측한다. 그렇게 파내기한 쌀에 뜨물을 붓고 슴슴하게 나무주걱으로 저어 끓여내신다.

쌀도 그냥 쌀이 아니다. 미리 햇볕에 말려서 따스한 햇살을 머금게 한, 윤기가 자르르한 쌀이다. 그 죽을 참기름 둘러 내가면 임금님의 해장죽이 그보다 나으랴. 할아버지는 마치 큰 벼슬을 하여 전날 궁에서 퇴궐하신 관료처럼 보료에 누워 계시다가 몸을 일으켜 할머니가 대령한 죽을 드신다.

할아버지가 집에서 점심 식사를 하시는 날이면 식사 준비는 더욱 공이 들어간다. 할머니는 남새밭에 가서 호박이며 감자, 고추 등을 바구니 가득 따 오신다. 커다란 나무 도마를 펴놓고 밀가루 반죽으로 면을 만드신 후 호박, 감자를 넣고 황백 지단으로 장식한 멸치육수 칼국수를 완성한다.

저녁으로 할아버지 식사를 위한 전골이나 신선로는 절대로 미리 끓여가지도, 또 식사하시는 방 안에서 끓이지도 않았다. 방 앞에 작은 곤로를 놓고 거기에 보글보글 끓여 방 안으로 가져가 할아버지께 드린다. 정말이지 어느 나라의 임금님이 그보다 더 극진한 대접을 받았으랴!

그건 두 분의 금슬 때문이기도 하려니와 할머니의 희생정신 그리고 완벽주의적인 성향 때문이기도 했을 것이다. 청소 한 번을 하셔도 털이개질부터 시작해서 엎드려 바닥 닦기를 하루에 두 번씩 하셨는데, 뽀얗게 삶아서 말려 대나무로 짠 그릇에 개놓은 걸레를 보면 사람들은 "이 집 걸레로는 입을 닦아도 된다."라고들 할 정도였다니.

또 할머니가 각별히 신경 쓰신 게 있는데 식구들, 특히 할아버지의 옷차림이었다. 할아버지의 외출복은 노리끼리한 중의적 삼과 바지에 두루마기, 거기에 삼베 중절모를 쓰시고 쥘부채까지 손에 든 모습이었다. 그게 얼마나 멋들어졌던지 어린 고모들은 아버지의 출타하시는 뒷모습을 오래도록 지켜보곤 했단다.

그 멋들어진 출타를 위해 할머니는 무척이나 애를 쓰신 것이다. 새벽에 이슬이 내리기 전, 낮은 나무 위에 할아버지의 모시

옷을 펼쳐놓았다가 이슬 맞은 옷을 숯다리미로 다림질하는 수고를 마다하지 않으셨다. 이슬을 머금은 옷은 얼마나 향기롭고 근사했을까. 그렇게 준비된 할아버지의 차림새는 어떤 선비의 나들이보다 더 은은하고 멋진 행차가 될 수밖에 없었을 것이다.

때때로 마을 사람들은 할아버지께 인사를 드리러 혹은 여러 가지 일을 상의하러 이른 아침부터 들르곤 했다. 그러면 할아버지는 역시 중의적삼을 입으시고 안채에 앉아 사람들을 맞이하셨다. 그러면 할머니는 언제나 정갈한 차와 다과를 준비해 놓고 접대를 소홀히 하지 않으셨다.

그렇다고 할아버지가 할머니만 바라본 것은 아니다. 흘러 내려오는 이야기에 의하면 할아버지에게도 여인이 많았다. 그럼에도 불구하고 남편을 그리도 지성으로 모실 수 있었던 건 도대체 무슨 힘이었을까? 그땐 모두가 그랬다고 하니 그걸로 이해와 포용이 가능했던 걸까? 어쩌면 '마누라가 음식을 잘하면 바람 핀 남자도 돌아온다.'라는 말처럼 할머니의 살림 솜씨와 시부모 봉양, 남편 섬김에 반해 할아버지가 중년 이후에는 오직 할머니만 바라보신 걸까? 차마 바라보지 않을 수 없도록 할머니는 그토록 헌신적이었던 걸까?

자녀들에게는 엄하고 무서우셨다던 할아버지. 그러나 며느리인 나의 엄마와 할머니에겐 세상 자애로우셨다는 할아버지.
한옥집을 지으시고, 그 집을 대대로 자손들에게 물려주고 싶
으셨던 할아버지.

그러나 나는 안다. 할아버지 뒤에 할머니의 노고와 희생이 있
었기에 할아버지의 모든 것이 가능했다는 것을. 할머니의 희
생 없이 할아버지는 그렇게 인자한 시아버지도, 동네 어른도,
자애로운 영감님도 못 되셨을 것임을. 할아버지가 돌아가실
때, 중풍으로 말씀은 제대로 못 하셨지만 분명 그리 말씀하시
고팠을 게다.

"여보 마누라, 수고 많았어. 자네와 함께 해서 내 참 행복했네.
자네의 수고를 내가 다 아네. 먼저 가 있을 테니 천천히 오게
나."

그로부터 25년 후 할아버지를 따라가며 할머니도 행복하셨을
게다. 살아생전 섬기기만 했던 영감. 죽어서는 할아버지의 아
낌과 사랑을 홀로 맘껏 받고 싶으셨을 게다. 공주 이인면 오실,
양지 바른 산중턱에 함께 누워 계신 두 분. 지금 멀리서 그리
지내고 계실 게다.

한옥집을 나와 거리에 서다

한옥집과 공주 이야기

3.

이승도 저승도,
삶도 죽음도, 사람도 귀신도

도립병원 이야기 。

그 시절 우리 세 자매의 가장 큰 즐거움 중 하나는 매주 화요일 인가 목요일인가 저녁 9시경에 방송하는 KBS〈전설의 고향〉 을 시청하는 것이었다. 시작 10분 전, 우리 셋은 이미 따뜻한 아랫목에 이불을 준비해놓고(무서운 장면이 나오면 숨어야 하니까) 간식거리까지 다 가져다놓은 채 마음의 준비를 단단히 하고 방송을 기다린다.

하얀 바탕에 시커먼 수묵화 그림과 함께 한자로 휘갈겨 쓴 '전 설의 고향' 첫 화면. 그리고 "따라라~ 따라라란~ 빠밤~ 빰!" 하는 웅장한 음악이 나오면 이미 우리의 심장은 쫄깃해진다.

뒷간 갈 일이 걱정이지만, 일단은 머리를 풀어헤친 피 흘리는 귀신과 무덤을 파헤치는 장면 정도는 나와줘야 '아, 그래도 전설의 고향 제대로 봤구나.' 하면서 흡족해하던 것이 당시 우리의 수준이었다.

매번 저승사자로 나오는 배우의 시퍼런 얼굴과 까만색 갓도 공포를 자극하기엔 최고였고, 집 안에 우물이 나오거나 지나치게 예쁜 여배우가 나와도 그 회는 제대로 무서움이 보장된 편이었다. 그중에서도 압권은 '구미호'와 '내 다리 내놔' 편이었다. 앞뒤 내용은 하나도 기억 안 나고 그저 "내 다리 내놔~"만 기억나는 그 에피소드는 그 후로도 몇 년 동안 우리들의 밤길을 위협한 단연 최고의 공포물이었다.

나에게 죽음이란, 도립병원 장례식의 풍경과 함께 슬며시 내 삶에 들어왔다. 우리 집은 '도립병원 뒤 기와집' 하면 웬만한 사람은 "아, 그 집! 도립병원 뒤에 기와집!" 하고 똑같은 대답이 되돌아오는 그런 집이었다. 나름 시내의 상징적인 집이었고, 또 도립병원을 왔다갔다하는 사람이라면 으레 대문 정도는 보지 않을 수 없는 집이기도 했다.

그 말은 곧 우리 세 자매들의 삶의 중심에도 도립병원이 있었다는 이야기다. 뒷방에 세 들어 살던 화순 언니네가 도립병원 안에서 매점을 해서 우리는 참새 방앗간 드나들 듯 그곳을 들락거렸다. 또한 집 뒤 공터에 있던 병원 사택의 아이들은 전부 우리 친구들이었으며, 약제실 언니들이랑도 친해서 놀러 다니는 등 우리에게 도립병원은 삶의 공간이자 놀이터였고, 병원을 둘러싼 사람들은 모두 다정한 이웃이었다.

하지만 도립병원 안마당에서 장례식이 열리면 이야기가 달라졌다. 멀리서부터 들려오는 곡소리와 흰 옷을 입은 사람들이 돌아다니는 그곳은 갑자기 이승과 저승이 만나는 곳으로 변했다. 평소 테니스를 치시던 아저씨들의 웃음소리는 온 데 간 데 없고, 정신이 나갈 정도로 흐느끼는 여인들과 그들의 눈물 젖은 흰 옷고름이 허공을 떠돌았다.

언니와 나는 병원의 낮은 담 너머로 그들의 모습을 훔쳐보곤 했다. 어떤 여인은 울다 기절했다 깨다를 반복했고, 그들의 곁에서 위로하며 함께 울던 여인들과 멀리 관을 옮기던 베옷 입은 남자들의 모습은 어린 우리의 눈에는 슬프기보다 신기한 풍경이었다. 때때로 흘러나오던 "워어이, 워어이" 곡소리는 죽음과 저승으로 가는 길목을 신비스럽게까지 했다.

저 여인들은 왜 저렇게 우는 것일까? 얼마나 슬프면 기절을 할 수 있는 걸까? 지금도 혼절하던 여인의 통곡 소리는 골목에 가득했던 향 냄새와 함께 가끔씩 내 기억에 떠올랐다 사라지곤

한다.

그러나 문제는 거기에서 끝나지 않았으니, 병원에 들어가자마자 공터 한쪽에는 지하실과 연결되는 창이 있었다. 창이라기보다는 창살 같은 것이었다. 그 지하실은 시신을 보관해두는 곳이었다. 해가 진 뒤에도 종종 병원을 가로질러 갈 일들이 있었던 우리에게 그곳을 거쳐 가는 일은 두려운 일이었다. 특히나 〈전설의 고향〉에서 '내 다리 내놔.' 하고 쫓아오던 귀신의 존재를 접한 뒤에는 더더욱.

어느 날엔가는 해진 뒤 작은언니와 함께 도립병원 매점에 심부름을 가야 했다. 언니는 '내 다리 내놔' 귀신 때문에 무섭다며 전력질주를 해서 뛰어가고, 언니보다 다리도 짧고 달리기도 못했던 나는 한참 뒤처져서 가야 했다. 그때 실제인지 환청인지, 사람의 소리인지 저승사자의 소리인지 알 수 없는 어느 소리가 지하실 창살을 통해 들려왔다. '내 다리 내놔' 하고 나를 따라오는, 시체실에서 벌떡 일어나 쫓아오는 어느 귀신의 환영과 함께.

사실 나의 공포는 아무것도 아니었을지도 모른다. 우리 때는 도립병원 건물이 새것으로 바뀌었지만, 아빠가 어릴 적에는 일제시대 건물이어서 더 으스스한 분위기가 풍겼다고 한다.

게다가 병원 주위를 둘러 하얀 벚꽃나무가 엄청나게 흐드러지게 피었는데, 봄이면 그 풍광이 아름다운 것이 아니라 시체실의 공포와 더불어 음산하기 그지없었다. 고모들과 집에 들어올 때면 일부러 고개를 멀리 돌려 병원 쪽은 보지도 않고 전력 질주하여 뛰어오곤 하셨단다.

병원이 흔치 않던 아빠의 어린 시절에는 사고가 나면 많은 시신들이 도립병원으로 실려 왔다. 그 사연도 다양해서 수학여행을 가다가 차량이 전복되어 실려 온 학생들, 농약을 먹고 자살한 여인네, 연탄가스로 사망한 여고생, 산소호흡기 하나만 있었어도 살릴 수 있었던 생명의 안타까운 죽음, 복상사로 실려 와 무성한 소문을 일으킨 죽음 등.

그 이야기들은 귀에서 귀로 흘러가 슬픔은 공포가 되고, 공포는 이야깃거리가 되어 시내를 다시 돌고, 돈 이야기는 다시 과장되어 사람들의 귀로 돌아오곤 했다. 지금 같으면 난리난리 났을 죽음의 형태들도 그 시절에는 그저 삶과 죽음의 한 부분으로 누군가의 슬픔과 한 맺힌 통곡으로 끝나고, 어느 여인의 옷자락을 눈물로 적시며 그렇게 받아들여졌던 것이다.

지금 생각해보면 어쩌면 삶도 죽음도, 이승도 저승도, 슬픔의 통곡도 공포도, '내 다리 내놔'의 귀신도 산 사람도, 어린 소녀의 공포도, 소녀 아빠의 어린 시절의 두려움도, 그저 우리네 살아가는 이야기의 자연스러운 한 부분일지도 모르겠다. 하지만 그때는 이 모든 게 신비스러운 나의 세계와 어우러져 또 다른 공포를 자아내고 있었다.

그때 그 책들은
어디를 떠돌고 있을까

중앙서림 이야기 。

한옥집에서 나와 도립병원을 끼고 오른쪽으로 돌아 5분쯤 걸어가다 보면 큰길이 나왔다. 거기부터는 제법 큰 서점도 몇 개 있고, 길 건너편으로 칠성당 빵집도 있고, 서예학원과 화방도 있고, 또 왼쪽으로 꺾어져 쭉 올라가면 끝에는 엄마가 근무하시는 사대부속중학교와 고등학교도 있었다.

그 시절 내가 마음대로 다닐 수 있는 곳이 몇 군데 있었는데, 그중 한 곳이 집 앞 골목 끝에 있는 분식 포장마차로 아주머니 한 분이 핫도그와 호떡을 파는 곳이었다. 다른 것도 팔았을 것 같은데 늘 핫도그만 먹어서 다른 건 기억이 안 난다. 분홍색 소시지에 밀가루를 돌돌 묻혀서 튀김기에 잔뜩 꽂아놓고 튀긴 후, 설탕이랑 케첩을 듬뿍 뿌려주던 옛날 핫도그. 50원쯤 했던 가. 그 핫도그가 너무 맛있었던 나는 할머니에게 돈을 달라고 해서 매일 사먹었다. 그랬더니 엄마가 아주머니께 미리 말씀 드려서 아무 때나 가서 먹을 수 있게 해주셨다. 얼마나 신나는 일인가. 매일같이 핫도그를 먹으러 갔다. 그래서 내가 그리 통통해졌던 거라고 엄마를 원망도 했었지만.

그리고 또 한군데. 바로 이 이야기의 테마인 '중앙서림'이다. 중앙서림의 주인 아주머니는 엄마랑 같이 공주여중에 근무하셨던 국어 선생님이셨다. 여러 가지 이유로 선생님을 그만두고 서점을 운영하고 계셨는데, 나에겐 세상에서 제일 부러운 분이었기에 우리 엄마는 왜 선생님을 그만두고 서점을 하지 않으실까 늘 불만이었다. 아줌마는 짙고 큰 눈에, 역시 까만 머리칼이 풍성한, 차분한 분위기의 미인이셨다. '문희'라는 옛 배우를 닮았다고 엄마가 말씀하시던.
지금도 도서관에 가거나 서점에 가길 좋아하는 나의 습성은 아마 그때부터 형성되었을지도 모른다. 처음에는 엄마를 따라, 후에는 나 혼자 중앙서림에 갔는데, 그때마다 느껴지던 책의 향기!

중앙 매대에는 주로 월간 잡지와 문제집이 깔려 있었고, 그 오른편 책장은 온갖 시집과 문학 서적들, 왼편은 어린이 섹션이었다. 지금도 내 안에 선명한 책의 위치와 손님들의 움직임과 책장의 모습들. 그리고 안쪽에 계산대가 놓인 아줌마의 아늑한 책상 자리. 나를 앉혀주시던 작고 동그란 의자. 그 뒤로 문을 통하면 뒤쪽으로 아줌마의 살림집이 있었다. 착하고 말이 없던 두 오빠들이 그 문을 통해 가끔씩 왔다갔다하곤 했다.

나의 자리는 주로 어린이 섹션 구석이었다. 다양한 어린이 잡지, 만화책, 어린이 역사소설, 명랑소설 등 보기만 해도 행복해지고 흐뭇해지던 책장이었다.

틈만 나면 그곳에 가 있던 나는 중앙서림의 단골손님이자 애물단지였으며, 아줌마의 꼬마 친구였다. 맨날 와서 만화책이나 새 책에 손자국을 남기고 가는 내가 마냥 예뻤을까마는 아주머니는 한 번도 싫은 소리 한 번, 눈치 한 번을 안 주셨다. 늘 너그럽게 반겨주셨다. 가끔은 대신 전화 좀 받으라고 심부름도 시키시고, 날이 추우면 난로 옆에 와 앉아서 보라며 고구마 같은 간식도 챙겨주셨다.

그곳을 통해 접한 책들 중 기억에 남는 게 너무 많은데, 그 당시 유행했던 만화책 시리즈가 생각난다. 정확한 이름은 기억나지 않지만 꺼벙이 캐릭터나 로봇 캐릭터, 그리고 역사만화, 무엇보다 명작《유리의 성!》이라는 만화와 운명적으로 처음 만난 곳도 바로 그곳이었다.

영국 스트라드포드 성을 동경하며 살아가는 두 자매 마리사와 이사도라. 두 자매의 뒤바뀐 삶을 그린 만화인데, 뒤로 갈수록 엽기적이기 그지 없었다. 그러나 1, 2권의 동화적인 스토리는 완전 내 마음을 빼앗았고, 처음으로 순정만화의 세계로 나를 온전히 끌어들였다. 그다음 순서가 명랑만화였다.《외동딸 엘리자베스》,《말괄량이 쌍둥이》,《다렐르》,《플롯시》시리즈 등의 명랑소설 해적판이 마구마구 나오기 시작할 그때부터 나는 그 책들에 빠져 중앙서림 구석 자리를 차지하고 있었다. 서점의 바닥 자리가 주는 편안함과 책 냄새의 황홀한 매력을 그때 이미 깨달았던 것이다. 또한 서점 주인이 되고 싶은 소망은 그때부터 지금까지 놓아본 적 없는 꿈이 되었다.

여기에도 한 가지 빠질 수 없는 작은언니의 만행을 이야기하지 않을 수 없다. 그날도 중앙서림 바닥에서 철퍼덕 앉아 책의 세계에 푹 빠져 있던 나를 아주머니가 부르셨다. 집에서 언니한테 전화가 왔다고.

"여보세요? 왜, 언니?"

"수진아, 큰일 났어! 빨리 와!"

"왜 그래?"

"집에 불났어!"

짧은 순간 내 머리에 스쳐간 온갖 문구들. '꺼진 불도 다시 보자. 자나 깨나 불조심. 설마 하며 버린 불씨 평생 후회 불씨 된다.' 당시 얼마나 학교에서 불조심 화재 예방 교육을 철저히 시켰던지 내 머릿속에는 항상 불에 대한 공포가 있었다. 화재는 곧 불행의 씨앗. 엄청난 재앙. 맞는 말이기도 하지만 극심한 공포와 연결되어 어떤 트라우마 비슷하게 내재되어 있었다. 나뿐 아니라 또래 모두가 그랬을 것이다. 해마다 달마다 반복되던 불조심 표어 대회, 포스터 그리기, 글짓기 대회 등에 아주 이골이 나 있었으니까. 그런데 작은언니의 한 마디 '불'이라니!

전화기를 내동댕이치고 읽고 있던 책도 던져놓은 채 냅다 달리기 시작했다. 나의 집이 탄다. 우리의 모든 것이 담긴 집이 타버리다니. 도립병원을 통해 가는 지름길을 달리는 내 머릿속은 복잡했다. 어떻게 불을 끌 것인가? 어떻게 물을 나를 것인가? 커서도 100미터 달리기 23초였던 엄청난 굼벵이인 내가 생애에서 가장 빨리 달려본 경험인 듯하다. 숨을 헐떡이며 공포에 질려 집 문을 열고 들어선 그 순간!

집 안은 고요했다.

생글생글 웃는 작은언니가 나를 맞았다.

"언니! 어디야, 어디? 불이 어디?"

"왔어? 심심해서 너 빨리 오라고."

이런!

불이 안 나서 다행이긴 했으나 그 순간의 허망함은 지금까지도 기억이 난다. 지금도 언니에게 가끔씩 비난을 날린다. 언니 죽었어! 억울하게도 본인은 전혀 기억을 하지 못한다. 당한 자만 억울할 뿐.

이민 와서 사는 삶의 가장 슬픈 점을 꼽으라면, 한글 책이 잔뜩 꽂혀 있는 서점과 도서관의 향기를 맡지 못한다는 것이다. 나는 서점이 그립다. 아름다운 우리 글로 쓰인 책이 가득한, 책 냄새와 활자 냄새가 나를 끌어당기는 책방이 그립다.

몇 년 전에 중앙서림 아주머니가 돌아가셨다는 소식을 엄마를 통해 들었다. 물론 중앙서림은 이미 오래전에 접고 다른 가게를 하고 계셨지만, 나에게 그분은 언제까지나 마음씨 좋은 중앙서림 아줌마였다. 그때도 그리고 지금도. 어린 나에게 책방의 아름다움과 꿈의 세계를 맘껏 열어주신 책방 아줌마. 그 거리. 중앙서림.

아줌마도 돌아가시고 중앙서림도 이미 오래전 사라졌지만, 책

가방을 내던지고 앉아 소녀가 읽고 있던 그 책들은 지금 어디선가 헌책방을 떠돌고 있지 않을까. 중앙서림 아줌마의 따뜻한 미소와 소녀의 꿈들을 간직한 채.

자수가 놓인 옷감들이
바람에 흩날리듯

마리아 수예점 이야기 。

학교 가는 길.
제민천 다리를 건너가는 길가에는
밝은 회색빛의 2층 벽돌집이 있었다.

'마리아 수예점'

이국적인 상호명의 자그마한 간판은
누구든 그 안에 들어가 보고픈 설렘을 일으켰다.
운 좋게도

나는 늘 그 벽돌집 안을 드나들 수 있는
특권을 가진 자 중 하나였다.

마리아 수예점은 늘 그 자리에 있었다.
내가 태어난 후
내가 기억할 수 있는 가장 오래된 순간부터 그 자리에 있었고,
성인이 된 내가 고향에 갈 때마다 그 자리에 있었고,
지금도 그대로 있다.
마치 공주와 제민천의 한 부분이라서
다른 게 다 변해도 영원히 없어지지 않을 듯이.
늘 그 자리에 그대로.

엄마의 치맛자락을 붙잡고 다닐 때부터,
어쩌면 그 이전부터
나는 마리아 수예점을 드나들었다.
그리고 난
그 집을 좋아했다.
누군들 사랑하지 않았으랴.
아름다운 그 집을.
초인종이 달린 서양식 문을 열고 들어가면

오른쪽에 있는 정원.

우리 집의 널따란 전통 마당과는 또 다른

아기자기하고 알록달록한 정원.

그리고 몇 개의 계단 위를 올라가면 나오는 고풍스런 유리문.

문을 열면 펼쳐지는 또 다른 세상.

어린 나에게

그곳은 꿈의 세계였다.

널따란 마룻바닥이 시원스레 펼쳐지고

안쪽 방에서부터 흘러나오는

아름다운 색색의 세계.

온갖 색으로 염색한 옷감들,

비단 헝겊들,

상상할 수 있는 모든 색깔의 실들,

방 안을 뒹구는 아름다운 자투리 천들,

형용할 수 없는 갖은 옷감과

자수가 놓인 천들,

바늘과 골무와 진주 옷핀과 단추들.

붉은색, 짙은 분홍색, 진달래꽃 분홍색, 새하얀색부터

푸른색, 짙은 녹색, 고급스러운 자색과 금색 은색까지

온갖 출렁이는 천들 사이에서

옛 궁중의 한복들이 지어졌을 듯한 분위기에

상상의 나래는 끝도 없이 펼쳐졌다.

수예점으로 사용하시는 큰 방은

우리 할머니 방과 같은

검정 옻칠에 오색빛 자개장이 온 방을 둘러 가득했고,

그 앞에는 만들다 만 혹은 완성된

가리개와 병풍들이 있었다.

마리아 아줌마가 사람들과 함께 작업하신 병풍들이었다.

그 방에서

비단 한복이,

고풍스러운 병풍들이,

아름다운 자수무늬가 끝없이 흘러나왔고,

또 새로운 바느질이 시작되었다.

그러나 마리아 수예점의 세계는 이게 끝이 아니었다.

엄마가 아줌마와 수를 놓고 천을 고르고 계시면

나는 살그머니 방을 빠져나와

여기저기 기웃거렸는데,

그 집의 모든 것들이 나를 매혹시켰다.

그때로선 보기 힘들었던 집 구조.

유리로 된 미닫이문이 있는 주방.

주방이 집 안에 있는 것도 신기한데,

미닫이문을 설치해서

열고 닫을 수 있게 되어 있는 세련된 구조라니.

게다가 2층!

계단과 2층에 대한 환상이 있을 때였다.

벽에 걸린 자수 부채들을 하나씩 바라보며

계단을 한 걸음 한 걸음 올라가면

중간에 창이 하나 있었다.

그 앞에 앉을 수 있는 널찍한 공간이 있었는데,

그곳에 앉으면

창으로 한가득 햇빛이 쏟아져 들어왔다.

나는 그곳에 앉아서 상상하기를 즐겼다.

이곳은 나의 성.

나는 성 안에 갇힌 공주님.

끝없는 상상들.

한참을 그 창에 앉아 상상놀이를 마치면

이제 또다시 두근두근하는 마음을 안고

2층을 향해 마저 올라간다.

그 햇살과 빛!

2층 마루에 깔려 있는 새하얀 바탕에 아름다운 자수 이불들,

그 뒤의 작은 병풍들.

그것들은 마치 성스러운 무엇과도 같이

감히 만져볼 엄두도 나지 않았다.

햇살을 받고 있는 눈부시게 깨끗하고 아름다운 작품들은

그저 바라만 볼 뿐.

아니 바라보는 것도 누군가에게 들키면 큰일 날 것 같아

나는 멀리서 훔쳐보듯 숨을 멈추고

조용히 지켜볼 뿐이었다.

마치 궁전에 시집오는

새 중전마마를 위한 준비를 마친 작품들을

흠모하듯이 그렇게,

신비스럽게,

성스럽게,

깨끗하게.

마리아 아줌마는 내가 태어나기도 전에 그 집을 지으시고 수예점을 열었다고 하셨다. 그 오래전부터 이 집에서 뜨개질을 하고, 부채를 만들고, 병풍에 수를 놓으며 사람들과 함께 작업을 하셨다. 비단 천과 비단 실이 가득했고, 아줌마가 직접 도안을 하신 염색 판이 몇백 개가 될 정도였다.

엄마와의 인연은 엄마가 공주에서 선생님을 하면서부터 시작되었다. 엄마는 가정 선생님이셨다. 글과 그림을 좋아하는 초등학교 선생님이었지만, 가정 선생님으로 중등교사 시험을 치렀다. 만약 떨어져도 공부해놓은 것이 두루두루 쓸모가 있을 거라고 생각하셨단다. 그렇게 해서 엄마는 시시때때로 요리 실습, 옷 만들기 실습 등을 하셨는데, 자수 수업을 위한 재료 준비를 하러 수예점을 다니면서 두 분의 친분은 시작되었다.

입덧을 할 때도 제대로 쉬지도 못하고, 시집살이까지, 공연히 눈치 보느라 먹고 싶은 거 다 먹지도 못할 때였다. 그럴 때 마리아 수예점에 가면 아주머니가 싱싱한 딸기도 한바구니 맘껏 먹으라 하시고, 한참 쉬고 가라 하시고, 그렇게 따뜻이 살뜰히 챙겨주시면서 두 분의 우애는 돈독해지셨다. 그래서 우리는 어릴 때부터 아줌마를 큰엄마처럼 여기고 그 아름다운 집을 드나들 수 있었던 것이다.

두 분의 따뜻한 관계는 지금껏 이어져 여든이 넘으신 지금도 좋은 친구이시다. 여전히 아줌마는 마리아 수예점을 지키고, 어릴 적 피난 와서 자리 잡은 그분의 새로운 고향, 그리고 나의 고향을 지키고 계신다.

그 생각을 하면 마음이 든든해진다. 따뜻해진다. 수예점은 더 이상 하지 않으시지만 아름답게 염색되고 자수가 놓인 옷감들은 여전히 그곳에서 바람에 흩날리고 있을 것만 같아 나의 마음도 함께 그렇게 아련하게 흩날린다.

창문 너머 어렴풋이
옛 생각이 나겠지요

다방의 낭만, 카페의 추억 。

고등학교를 졸업할 무렵 카페라는 곳에서 처음 마셔본 '블루
마운틴'은 황홀했다. 그 맛이 황홀했는지는 정확히 기억나지
않는다. 아마도 그냥 씁쓰름한 커피 맛이었을 게다. 익숙지 않
은 맛에 기침을 서너 번 했을지도 모르겠다. 인상을 쓰지 않았
으면 다행이고. 그럼에도 카페에 앉아 분위기 있는 커피 한 잔
을 마시는 것은 나의 오랜 꿈이자 동경이었다. 카페에 대한 나
의 꿈. 그리고 나는 아주 오래전 그 꿈이 시작된, 내 고향의 카
페 이야기를 하지 않을 수가 없다.

한옥집에서 나와 제일은행을 향하는 길 2층에는 'Hope'라는

간판이 있었다. 한글과 영어로 모두 친절하게 '호프, Hope'라고 쓰인 간판 아래에는 작은 글씨로 '커피, 맥주, 주스' 이런 게 적혀 있었을 것이다.

Hope는 내가 처음 인식한 영어 단어였다. 그 아래 적힌 '카페' 역시 한글로 적혀 있었지만 로맨틱하고 신비스러운 단어였다. 그곳에 들어가고픈 마음을 불러일으키면서도 접근하기엔 너무 먼 곳이라는 걸 어렴풋이 알게 하는 그런 곳이었다.

엄마는 'Hope'가 '희망'이라는 뜻이라고 알려주셨고, 오래도록 나는 그 뜻을 기억하고 그 지식을 자랑스러워했다. 이런 카페들이 공주에 막 생겨날 때였다. '다방'의 시대가 지나가고 '카페'의 시대가 오고 있었던 모양이다.

어른들의 놀이터이자 모임의 장이고, 여유의 한때를 즐기는 곳. 청춘들이 학생들이 연인들이 사랑을 이야기하고 낭만을 속삭이던 곳. 왠지 다방이라는 단어에는 카페보다 짙은 그리움이 묻어 있고 더운 온기가 느껴진다. 그곳에서 많은 사연을 만들고 청춘을 보냈을 나의 부모님, 공주에서 고등학교와 대학교를 다닌 나의 이모들의 젊은 시절을, 그리고 수많은 청춘들을 떠올리게 한다.

엄마가 교대 다니실 때부터 다니던 다방은 '길다방'. 그리고 지금은 이름이 기억나지 않는다는 제일은행 옆 다방이 있었다. 문학동호회 모임을 해서 시를 읊고, 토론을 하고, 연애 사건이 심심찮게 있었던 곳이기도 했다. 커피를 가운데 놓고 그 누군가의 호감을 거절하기도 하고, 사랑에 설레기도 했던 그런 곳이었다.

사람들은 커피나 홍차, 우유를 마셨다. 커피는 둘둘둘. 커피 둘, 프림 둘, 설탕 둘의 황금비율이 이상적이었다. 블랙커피니 원두커피니 하는 건 있지도 않을 때였다. 커피의 쌉싸래함과 프림의 부드러움, 설탕의 달콤함이 한번에 입 안으로 스며드는 느낌이 진짜 커피의 맛이었다. 우유는 어린애 같아서 마시지 않았다. 대신 엄마는 홍차를 가끔 마셨는데, 투명한 유리잔에 홍차를 따라주면 그 색이 참으로 예뻤다. 비오는 날이면 가끔씩 주문하던 '위스키 한 방울'을 탄 홍차는 옅은 알코올 느낌이 혈관 구석구석까지 전해졌다.

내가 가본 찻집도 있다. 엄마와 친구분들이 '쌍화찻집'이라 불렀다는 담쟁이덩굴이 둘러진 찻집이었다. 찻집도 다방이지만, '찻집'과 '다방'의 느낌은 분명 다르기에 어쩐지 그 단어를 바꾸어 쓸 수가 없다.

어느 날엔가 엄마를 따라갔던 그 '찻집'에서 엄마는 친구와 이야기를 나누고, 나는 난생 처음 와보는 고요하고 안온한 찻집 분위기에 취해 숨도 못 쉬고 그저 두리번거리고 있었다. 그날 엄마가 시켜준 음료가 율무차였을까, 유자차였을까. 위에 잣이 몇 개 떠 있었다. 그 잣 한 개를 입 안에 넣고 오물거리면서 찻집에서 마시는 차 한 잔의 근사함을 맛보며 나는 담쟁이 덩굴 드리워진 창밖을 바라보았다. 눈이 한 송이 두 송이 내리고 있었다. 그래서 더욱 잊히지 않는 그날의 따뜻하던 찻집이었다.

스왕 미용실 옆에는 동네 남자들의 사랑방이었던 '난초다방'도 있었다. 아, 이 다방에 얽힌 웃지 못할 이야기가 있다. 어느날 아빠 와이셔츠에 여자 립스틱 자국이 선명하게 찍혀 있었단다. 그것도 신혼에! 빨래를 내놓다가 그것을 발견한 엄마가 울고 있자 아빠가 오셔서 아무렇지 않다는 듯 말하더란다.

"아, 그 립스틱 자국 때문이지? 난초다방 아가씨가 우리 신혼이라는 거 알고 '부부싸움 시켜야지' 하면서 일부러 찍어논 거야."

사람 만나러 자주 가시던 아빠는 워낙에 유명인사였기도 했거니와 다방 아가씨들도 짓궂기 그지없었던 모양이다. 장난이든 아니든 지금 우리 남편이 그랬다면 집에서 쫓겨났을 일이다.

아가씨들이 있던 다방은 낯설다. 왠지 청춘하고도 거리가 있어 보인다. 그러나 마담과 아가씨는 그 시절의 사연과 이야기, 짙은 커피향의 쓸쓸한 모습이기도 했을 것이다.

시간이 흘러 'Hope' 같은 카페들이 하나둘 작은 시내에도 생기기 시작했다. 그중 단연 우리 자매의 마음속에 기억 속에 잊히지 않는 카페는 이름 한번 길고도 어려운 '창문 너머 어렴풋이 옛 생각이 나겠지요'다. 창문 너머 어렴풋이 옛 생각이 나겠지요, 라니. 그 얼마나 낭만적인 이름인가. 꿈꾸듯 아름다운 이름인가. 산울림의 노래 가사이자 제목인 건 꽤 나중에 알았다. 그와 상관없이 그 이름이 주는 아련함은 카페라는 곳에 대한 환상을 더욱 방울방울 부풀게 했다. 그 꼬마가 뭘 알았다고. 떠올릴 옛 생각이나 있었을 리 없건마는.

이 카페가 우리 자매에게 특별했던 이유는 작은언니를 그토록 예뻐해주셨던 교회 선생님이 결혼하시면서 열었던 카페이기 때문이다. 언니가 아기 때부터 교회학교 담임을 하셨는데 우리 한옥집에도 곧잘 오시곤 하셨다. 선생님이 결혼할 때 언니가 하도 울어서 다들 언니를 달래느라 진땀을 뺐단다. 그분이 운영하는 카페였기에 나는 오래도록 그 선생님의 참으로 선한 이미지와 '옛 생각이 어렴풋이 나는 창문 너머'를 겹쳐 떠올리며 카페 안의 모습을 나름대로 마음속에 그렸다. 엄마 학교에서 오는 길, 아트박스 건너편 2층에 있던 그곳. 그곳을 방문한 일이 딱 한 번 있었는데, 역시 엄마를 따라서였다. 꿈꾸던 대로 따뜻하고 밝은 느낌이었다.

그때 흐르던 음악은 김승진의 '스잔'이었다. 친구분과 이야기 나누는 엄마를 옆에 두고 나는 유리창에 입김을 불어 '스잔'이라고 썼다 지웠다. 그 창 너머 어렴풋이 언젠가 그 순간을 '옛 생각'으로 떠올릴 것임은 모른 채.

요즘 한국의 카페 사진들을 보면 가히 인테리어의 전쟁이다. 규모도 스케일도 인테리어도 입이 떡 벌어진다. 동네 작은 카페는 또 작은 카페대로 그만의 고급스러움과 색깔이 있는 프로페셔널한 전문가의 손길이 느껴진다.

지금 생각하면 옛 카페는 뭔가 통일되지 않은 조잡함이 가득했지만 그 또한 정겨운 조화를 이루었다. 그래서인지 지금도 전문가의 근사한 손길보다는 어설픈 주인장의 솜씨와 취향이 짐작되는 카페에 더욱 끌린다. 발을 디디고 들어가 앉아 커피 한 잔을 마시고 싶어진다.

가끔 공주 시내의 옛 도심을 인터넷으로 찾아보곤 한다. 감사하게도 옛 공주의 정취와 주인장의 풋풋한 인테리어 솜씨까지 함께 뽐내는 카페들이 나의 향수를 자극한다. 정겨운 골목 끝

어느 카페는 내 추억 속 옛 한옥집을, 옛 찻집을 떠올리게 한다. '아네모네의 마담'이 턱을 괴고 카운터에 앉아 흘러간 유행가를 부르고 있을 것 같은 옛 다방의 정취와, 풋사랑의 설렘을 안은 청춘들이 한껏 멋을 내고 들어앉아 창밖을 내다보고 있었을 내 어린 시절의 카페.

맘만 먹으면 지금 당장도 나가서 멋들어진 카페에서 신선한 커피를 마실 수도 있는 오늘이지만, 나는 홀로 카페에 들어갈 수 없던, 내가 모르는 그 시절의 카페가 궁금하다. 다방 언니가 타주는 둘둘둘 커피 맛이 궁금하다. 위스키 한 방울 떨어뜨린 매혹적인 홍차의 느낌이 궁금하다. 그 청춘들이 다방에서 속삭였을 낭만이 궁금하다. 카페에서 나누었을 어렴풋한 옛 생각이 궁금하다. 지금도 어디선가 '가버린 날들이지만 잊혀지지 않을' 그날들을 떠올리고 있을 그들의 옛 이야기가 궁금하다.

그런 슬픈 눈으로 나를 보지 말아요.
가버린 날들이지만 잊혀지진 않을 거예요.
오늘처럼 비가 내리면
창문 너머 어렴풋이 옛 생각이 나겠지요.

생각나면 들러봐요.

조그만 길모퉁이 찻집
아직도 흘러나오는 노래는 옛 향기겠지요.

그런 슬픈 눈으로 나를 보지 말아요.
가버린 날들이지만 잊혀지진 않을 거예요.

아카시아꽃 흐드러진
멧돼지 농장에서

멧돼지집 이야기 。

청벽 가는 금강변에 있던 초막집, 그곳에 '멧돼지집'이 있었다. 봄이면 아카시아 향기가 진하고 봄나물이 지천이던 곳. 여름이면 청벽 아래 푸른 강물이 흐르던 곳. 가을이면 마당 한 곁에 대추가 익어가고 대추나무 옆에는 검은 염소가 음메 울던 그곳. 다람쥐 같은 줄무늬가 있는 어린 멧돼지부터 까맣게 큰 멧돼지까지 멧돼지 농장이 있던 집. 나는 지금도 그곳이 그립다. 아빠 친구분이 운영하시던 곳이었다. 처음에는 작은 멧돼지 농장으로 시작했는데, 장사가 너무 잘되어 원두막도 몇 채 짓고 점점 확장되어 간 식당. 기름기 없고 느끼하지 않은 멧돼지고기는 시작하자마자 금세 인기를 끌어 사람들로 바글거렸다. 우리 딸 셋의 어릴 적 마법의 주문은 "멧돼지집 가자!"였다. 울 때도, 아플 때도, 배고플 때도, 다쳤을 때도, 마법의 주문.

"멧돼지집 가자!"

꼬맹이였던 딸 셋이 10인분을 거뜬히 해치웠다는 전설이 오래오래 회자되었던 그 식당. 얼마나 맛있었던지 우리는 숨도 안 쉬고 먹었다. 양념이 잘 밴 고기를 숯불에 구워 쌈에 얹고 그 위에 파채를 얹고 쌈장에 찍어먹던 그 맛! 오죽했으면 주변분들이 "딸들 고기 먹이려면 돈 많이 벌어야겠어."라고들 하셨다는 게 이해가 간다. 그중에서도 단연 최고는 나였을 것이다. 어릴 적부터 지금까지도 딸 셋 중에 먹는 거라면 내가 으뜸이니까!

고기를 좋아하던 그때를 생각하면 지금은 양도 그만큼 안 되지만, 그 맛도 찾을 수가 없다. 그렇게 맛있던 고기는 아마 내 인생 통틀어서 '멧돼지집'이 최고였을 것이다.

식당을 운영하시던 아빠 친구인 아저씨는 사람도 좋았지만 덩치도 크고 듬직한 분이셨다. 때문에 황당한 사건에 얽힌 적이 있었는데 정말 어이없는 일이었다.

반포 가는 길 옆에 있던 멧돼지집에서 시내로 오려면 10리쯤 걸린다. 그날 따라 아저씨는 밤 12시가 넘어 가게를 마무리하고 들판길을 걸어 집으로 오고 계셨다. 그 길에 검문소가 있었는데, 마침 며칠 전 근처에서 강도 사건이 있었단다. 예의주시하고 있던 검문소 경찰에게 덩치 큰 멧돼지집 아저씨는 미심쩍은 인물이었을 것이다. 어찌됐든 걸어서 집까지 가신 아저씨는 아무리 문을 두드려도 가족들이 잠에 곯아떨어져 아무도 문을 열어주지 않자 하는 수 없이 다시 길을 돌아 가게로 가고 있었다.

'아까부터 수상했는데 새벽 1시가 넘어 사람 하나 없는 이 들판길을 다시 어슬렁거리다니! 분명 무슨 나쁜 짓 저지르고 도망가는 강도가 분명해!'

이게 검문소에서 보초를 서던 요원들의 확신이었으리라. 경찰 한 명은 아저씨에게로 다가가서 말을 걸고, 그 틈을 타 다른 한 명이 뒤로 가서 몽둥이로 퍽!

다음 날 새벽, 아빠는 전화 한 통을 받았다. 도립병원에 멧돼지집 아저씨가 입원해 있다는 것이었다. 아저씨는 무척 심각한 상태였고, 몸의 상처보다 무서운 건 실명될지도 모른다는 의사의 청천벽력 같은 소리였다. 더구나 아저씨를 몽둥이로 내려친 사람은 경찰도 아니고 공익요원으로 근무하던 어린 대학생이었다. 그 어린 요원은 또 얼마나 무서웠겠는가! 큰 공을 세우는 줄 알았는데, 선량한 시민을 반불구로 만들지도 모르는 엄청난 짓을 저질렀으니.

천만다행히도 서울 병원까지 가서 좋은 치료를 받으신 후 아저씨는 무사히 퇴원하셨다. 얼마나 다행인가마는 그렇게 어이없는 일들이 심심치 않게 일어나던 시대였다.

우리 부모님의 에피소드도 빼놓을 수 없다. 학교 선생님들과 멧돼지집으로 회식을 가신 엄마는 적당히 술도 마셨고, 기분도 좋고, 회식이 끝난 후 선생님들과 택시를 잡고 있었다. 샛길이라 택시가 많이 다닐 리 없는 곳이었다. 그때 차 한 대가 멀리서 미끄러져 왔고 선생님들 앞에 섰다. 제법 취한 엄마는 차를 '땅땅' 두드리며 "아저씨, 태워주세요." 하고 자못 애교까지!

그 순간 어디서 많이 듣던 목소리가 들려왔다.

"어서 타기나 해!"

대전에 다녀오시던 아빠였다. 머쓱해진 다른 선생님들이 뒤로 물러서고, 엄마는 아빠와 함께 집으로 돌아오셨다. 다음 날 아침, 선생님들은 '김 선생 다리몽둥이 부러진 거 아니냐'며 걱정하셨지만, 아무렇지 않게 꿀에 절인 인삼뿌리까지 들고 등장한 엄마의 모습에 모두 '휴우' 가슴을 쓸어내렸단다.

○ ○ ○

멧돼지집 뒤에는 앞서 말한 작은 멧돼지 농장이 있었다. 우리는 식사를 마치고 그 뒷산을 산책하곤 했는데, 꽃이 피는 봄이면 저녁 무렵의 산길이 무척 아름다웠다. 엄마는 그 길을 걸으며 우리에게 노래를 불러주시고, 쑥이며 씀바귀 등 나물도 뜯고 하셨다. 그때 엄마가 가르쳐주신 오래된 팝송 'From this valley, they say you're going' 하던 정겨운 멜로디는 지금도 귀에 선하다. 그때는 '프롬 디스 벨리 데이 세이 유아 고잉'으로만 들리긴 했지만…. 지금도 나는 가끔 아카시아 꽃잎이 날리던 멧돼지집 뒷산 농장을 떠올리며 그 멜로디를 흥얼거린다.

멧돼지집에서는 필요한 사람들에게 족을 나눠주곤 했는데, 자칭 타칭 '족의 1인자'였던 엄마가 곧잘 얻어오셨다. 다른 것도 아니고 '족발의 1인자'라니! 집에서 추도식이 있는 날이면 엄마는 멧돼지집에서 2마리분의 돼지족, 그러니까 족 8개를 얻어와서 구이를 만들었다. 추도식마다 갈비를 구우시던 할머니는 처음에는 "족은 안 된다."라고 하셨지만, 몇 번 드시더니 제법 괜찮다고 허락을 하셨단다.

엄마 표현에 의하면, 지금처럼 정향 냄새가 나는 것이 아닌 간장에 재우고 파 마늘을 듬뿍 뿌려 석쇠에 구운 족구이는 정말 맛있었다. 삶아서 물을 버린 다음 건고추, 생강, 커피를 넣고 다시 푸욱 삶아 냄새를 잡고, 갖은 양념을 해서 석쇠에 구우면 그 꼬들거리는 맛과 껍질의 느낌은 끝내줬다. 그게 돼지족인지 소족인지 알 수 없었지만, 어쨌든 먹성 좋던 우리들과 추도식에 온 친척들에게 최고의 찬사를 받았다.

찾아보니 지금도 멧돼지집이 있다. 그 자리에 있어줌이 감사하다. 그러나 맛과 분위기가 그 오래전과 같을 리 없다. 어떻게 그 맛과 분위기를 다시 살리겠는가. 어떻게 내 기억 속의 멧돼지집을 되살리겠는가.

아카시아 꽃향기가 10리 너머까지 퍼진다던 농장과 정다운 사람들이 바글거리고, 석쇠에 구운 멧돼지 냄새가 가득하던, 깔깔대던 세 소녀의 웃음소리와 젊고 건장한 아빠들의 이야기 소리가 들리던 그때 그 분위기를 어떻게 돌리겠는가. 그 맛을 어떻게 소환하겠는가. 내 유년 이야기 속의 그 멧돼지집을.

환상동화의
한 페이지처럼

빨간 집 이야기 。

학교에서 돌아오는 길, 저 숲 가운데 어디쯤 빨간 집이 보였다. '빨간 집'이라 하면 무슨 성황당이나 무당의 집을 떠올릴 수도 있겠지만, 그와는 전혀 반대로 그 집은 우리 작은 고장의 분위기에 몹시 이국적인 서양식 주택이었다. 야트막한 산의 언덕배기 사이 빨간 벽돌집은 아름답게도, 신기하게도, 묘하게 공포스럽게도 보이는 그런 존재였다. 어떤 아이들은 그 집이 귀신의 집이라고 했고, 마녀가 산다고도 했다. 아는 사람이 그곳에 살았는데, 귀신이 나와서 더 이상 살지 않는다고도 했다.

학교에서 돌아올 때 멀리 보이는 빨간 벽돌집은 가슴을 두근거리게 했다. 공포의 두근거림이기도 했고 동경의 두근거림이기도 했다. 그 집을 보면 그 당시 어느 집에나 있던 뻐꾸기시계가 떠올랐다. 마치 정각 12시가 되면 문이 열리고 뻐꾹새가 나와서 '뻐꾹! 뻐꾹!' 하고 시간을 알려줄 것만 같은 느낌. 뻐꾸기시계의 고풍스러우면서도 무서운 분위기가 묘하게 빨간 집과 닮아 있었다. 한편으론 헨젤과 그레텔이 파먹던 마녀의 과자집이 아니었을까 싶기도 했다. 어느 날엔 아련한 동화의 세계 같기도 했다가 어느 날엔 무서워서 처다보기도 두려운 그런 집. 그 집에 대해서 어른들에게 물어본 적도 없이 그렇게 우리 아이들의 세계 속에서 빨간 집은 꿈과 동경과 공포 속에 자리했다. 남자아이들과 뭉쳐서 집에 올 때면 "우리 한번 가보자!" 하며 괜히들 허풍을 떨곤 했지만, 누구 하나 실제로 그 집에 가볼 용기는 없었다.

그러던 어느 토요일 오후. 친구 하나와 나는 무슨 바람이 불었는지, 무슨 용기가 난 건지 숲속으로 난 오솔길을 따라 빨간 집을 향해 걸어 올라갔다. 따뜻한 토요일이었다. 걷다 보니 어느새 빨간 집 앞에 도착했다.

멀리서만 보던 건물을 막상 앞에서 대하니 그 분위기에 압도되어 한동안 멍하니 서 있었다. 그대로 뒤돌아 도망갈까도 했

으나 용기를 내어 다행인지 불행인지 열려 있던 푸르스름하게
녹이 슨 쇠문을 밀고 안으로 한 걸음 들어갔다.

높다란 천장.
휑뎅그렁한 벽들.
깨진 유리창 몇 개.
벽에 걸려 있는 멈춘 시계와 먼지 낀 그림들.
높은 층고들 옆으로 난 계단.

더 알아보고 싶었고, 계단을 올라가 보고도 싶었고, 호기심도
일었지만, 그때 어디선가 들려오는 웅웅대는 소리. 우리는 공
포에 얼어붙었다. 그리고 밖으로 나오자마자 걸음아 나 살려
라 줄행랑을 치고 말았다. 숨도 안 쉬고 뛰고 넘어지며 집까지.
그 뒤로 나는 여러 번 생각했다. 과연 그 일이 실제 일어난 일
이었을까 아니면 나의 꿈이었을까? 나의 환상이었을까? 어느
날의 진짜 모험이었을까? 진정 알 수가 없었다. 내가 본 장면
은 머릿속에 생생한데 꼭 꿈같기도 한 것이. 어느 오후의 낮잠
속에서 일어난 일 같기도 한 것이.
오랜 세월 그 집을 잊고 살았다. 그러다 어느 날 나태주 시인이
쓰신《공주 멀리서도 보이는 풍경》을 읽다가 그 집을 다시 만

나게 되었다. 그리고 알게 되었다. 그 집을 두고 꿈을 꾼 건 비단 나뿐만이 아니었음을.

"30대 중반의 나이가 되어 공주로 다시 와 직장생활을 할 때 나는 학창 시절의 철없던 궁금증을 풀기 위해 그 여학생 기숙사를 찾아가 본 적이 있었다. 1979년 초봄. 네 살 먹은 아들아이의 손을 이끌고서였다. 모습은 옛날 멀리서 보던 그대로였다. 건물의 문이 열려 있어 안으로 들어가 보았다. 1, 2층엔 방이 세 개씩이고 3층은 전체가 하나의 방이었다. 유리창이 몇개 깨져 있어서 바람이 세게 불어 안으로 들어오고 있었다. 지대가 높아 윙윙 소리가 났다. 에밀리 브론테의 《폭풍의 언덕》에 나오는 집에 온 듯한 환상이 들기도 했다."

1905년도에 지어진 이 건물은 원래 선교사의 집으로 그 사연이 안타까웠으며, 그 후에는 공주교대의 여자 기숙사로 사용되었다고 한다. 많은 사람에게 낭만을 품게 했던 그 집에서 기숙했던 학생들의 증언에 의하면, 막상 그녀들은 추위와 불편함에 엄청나게 고생을 했다고.

슬프기도 하고 낭만적이기도 한 많은 사연과 역사를 품은 집이었다. 그리고 나태주 시인이 오래전 그 집을 찾았을 때의 묘사를 보니 나의 기억과 몹시도 닮아 있어 그날의 모험이 환상은 아니었던 모양이라 생각했다. '폭풍의 언덕'에 나오는 듯한 집이었다는 묘사가 어울리는 그런 곳이었다. 그러나 사실이든 아니든, 꿈이었든 실제였든, 그 기억은 아직도 내 머릿속에서 어느 따뜻한 토요일 오후의 꿈처럼 아릿하게 자리하고 있다. 마치 환상동화의 한 페이지처럼.

아름다운 것을
향하여

아트박스 vs 바른손팬시 。

아름다운 것에 대한 나의 동경은 마론인형과 함께 시작되었다. 지금은 모두 '바비인형'으로 알고 있지만 당시 우리가 불렀던 옛 이름 '마론인형'.

한옥집 시절 친구와 안방에 배 깔고 누워서 열심히 하던 인형놀이를 기억한다. 그토록 빠져서 재밌게 놀던 인형들은 모두 종이인형이었다. 두꺼운 도화지에 인형 그림이 그려져 있고, 옷과 머리 장신구, 신발, 드레스 등이 전부 따로따로 있어서 종이인형 위에 마치 걸치듯 입히던 놀이.

어릴 적부터 《소공녀》,《작은 아씨들》 등의 책을 보며 서양식

드레스 그림을 끝도 없이 동경하던 나는 그나마 종이인형의 드레스로 그 갈증을 채우며 놀았다. 하지만 풀로 붙이는 것도 아니고, 모든 인형마다 종이 옷걸이 같은 걸로 인형에 입혀줘야 하니 옷을 다 갖춰 입은 종이인형은 얼마나 덜렁덜렁 볼품없었겠는가. 그럼에도 그것만이 우리에게 허락된 유일한 인형놀이였으니 상상의 힘으로 열심히 노는 수밖에! 돈이 생기면 얼른 또 다른 종이인형을 사오고 모으고 하면서.

그런데 집 근처 문구사에 새로운 것이 등장했다. 어디 잡지에선가 보았지만, 늘 저건 너무나 비싸고 화려한 것이라 내 손에 들어올 리 없다고 생각했던 실제 마론인형. 거기에 마론인형이 입고 있는 드레스란! 종이가 아닌 반짝거리는 옷감으로 만든 진짜 드레스였다. 얼마나 갖고 싶었는지 문구사에 갈 때마다 진열대 꼭대기에 걸려 있던 마론인형을 정말 간절히 쳐다보았다. 하지만 엄마는 절대 사주지 않으셨다. 아마도 그 인형이 너무 사치스럽다고 생각하셨던 것 같다. 간절한 마음은 끝도 없었지만 나 역시 마구 조른 것도 아니었다. 엄마가 단호한 말투로 "안 돼!"라고 할 때는 그 무엇을 해도 안 된다는 것을 나는 알고 있었다.

아무튼 그 후로 종이인형에 대한 나의 사랑은 시들해졌고, 마론인형도 끝까지 손에 넣지 못했다. 반짝거리는 드레스를 입은 마론인형을 가진 친구들을 여전히 부러워했지만, 그것을 갖지 못한 나는 서서히 인형놀이에서 멀어져 갔다.

그러던 어느 날, 나에게 아니 공주의 모든 소녀들에게 엄청난 사건이 생겼다. 우리의 세계관이 바뀌는 순간이었다. 이제 더 이상 종이인형 놀이나 마론인형 따위에 마음을 빼앗기지 않을 거라는 강렬한 세계관의 변화! 그것은 바로 엄마가 근무하는 학교에서 내려오는 길, 지금은 '감영로'라 하는 그 길의 대통다리 앞 코너에 새로 생긴 '아트박스'였다!

아.트.박.스.

그것은 지금까지 경험한 어떤 가게와도 달랐고, 내가 상상할 수 있었던 그 어떤 장소와도 비교할 수 없었다. 조선 시대 양반가 여인네들에게 유럽에서 유행하던 반짝이는 보석을 들고 와서 보여준다면 그들의 놀라움이 그와 비견될 수 있었을까. 갑자기 내가 베르사유 궁전의 '거울의 방'에 간다 해도 그보다 충격적일 수 있었을까.

그곳은 아름다웠다. 반짝거렸고, 사근거렸고, 찰랑거렸다. 잡화점의 학용품 따위에 시선을 빼앗겼던 날들, 마론인형 따위에 마음을 빼앗겨 슬퍼했던 날들은 갔다. 우리는 모두 그 사실을 일순간 알아버렸다. 아트박스에 처음 들어선 순간, 우리 모두는 알아버렸다.

작은 새소리와 같은 종이 울리는 문을 열면 새로운 세계가 펼쳐졌다. 그 자그마한 공간은 마법처럼 아름다운 것들로 가득했다. 주인 언니가 앉아 있는 자리 앞의 유리 진열장, 그 안의 반짝이는 것들. 그리고 그 작은 공간을 꽉 채운 '고급스럽고' '어여쁘고' '사치스러운' 것들. 이 세상에 존재하는 가장 아름다운 물건들은 다 그곳에 있는 것 같았다. 무언가를 살 필요도, 사고 싶지도 않았다. 나는 그저 그 안에 있는 것만으로 충분히 행복했다. 철저하게 외부와 분리된 공간. 들어서는 순간 완전히 새로운 세계라서 주변 거리의 모든 가게와 동떨어진 차원의 곳.

작은 문제가 있다면 키 큰 언니들로 늘 바글댄다는 것이었다. 학교가 끝난 토요일 오후에 들르기라도 하면 중고등학생 언니들로 복작대어 발 디딜 틈도 없었다. 그러나 그런 것 따위 상관없었다. 그 바글바글함과 불편함도 아트박스의 고귀한 아름다움을 손상시키지는 못했으니까 말이다.

그렇게 한동안을 우리는 아트박스에 집착했다. 무엇을 샀는지는 별로 기억에 없다. 좀 더 컸을 때 너무도 갖고 싶던 작은 철제가방을 사기 위해 돈을 모아 모아 겨우 장만했던 것 외에는.

까만 바탕에 하얀 장식이 있는 고급스러운 가방이었는데, 진짜 오래도록 돈을 모아서 산 것이었다. 한 번도 사용하진 못했지만 소유하는 것만으로 만족감을 흠뻑 느꼈던 작은 가방. 그때는 그것이 '유럽 스타일'일 것 같아서(그게 뭔지 정확히는 모르지만) 그토록 동경하는 마음에 바라만 봐도 좋았다.

그런데!
그런데!
예상치 못했던 또 하나의 사건이 일어났다.
정말이지 '아트박스보다 아름다운 세상은 존재하지 않아!'라고 믿었던 나의 세계가 또 한 번 충격을 받는 순간이었다. 아트박스에서 멀지 않은 곳에 '바른손팬시'가 생긴 것이다.
바른손팬시.
아트박스와 같이 역시나 바른손팬시의 느낌도 아주 생생하게 기억한다. 바로 어제, 아니 좀전의 일처럼 말이다. 유리 진열장 가득한 팬시점의 장식들을 보며 벌써 설레는 마음으로 문을 열면 아트박스보다는 더 크고 밝은 분위기. 파스텔 톤의 아기자기하고 섬세한 느낌의 문구들. 구름 위를 밟는 것같이 폭신거리는 느낌의 온갖 달콤한 색과 분위기.

'아트박스'가 찰랑이고 반짝거렸다면
'바른손팬시'는 꿈결 같고 바스락거렸다.

이것이 내가 설명할 수 있는 한계다. 그 어떤 단어도 그 당시 내가 느꼈던, 그리고 분명 공주 시내의 모든 소녀들이 느꼈을 그 황홀함을 표현할 수는 없을 것이다. 어느 곳이 더 좋았다고 비교할 수도 없다. 양쪽 다 각기 다른 분위기로 저마다의 아름다움을 가진 곳이었으니까.

이후 공주에서 보낸 나의 소녀 시절은 이 두 곳을 빼놓고는 이야기할 수 없다. 친구와 함께 가서 편지지 하나하나를 그토록 신중하게 고르던 날들과 매 시즌마다 바뀌던 그곳의 장식, 누군가에게 줄 선물을 고르던 설렘까지 어느 것 하나 나를 흥분시키지 않은 것들은 없었다. 특히 바른손팬시에서 새로 나오는 캐릭터들은 사각거리는 편지지 위에 아름다운 색깔로 새겨져 거의 경건한 마음마저 품게 했다.

나중에 서울로 전학을 가서 더 어마어마한 크기의 팬시점들에 놀랐지만, 지금까지도 그 어느 아름다운 가게도 나의 심장을 그렇게 두근두근하게 만든 곳은 없었다.

크리스마스에 뉴욕 맨해튼에 간 적이 있다. 크리스마스가 되면 안 그래도 화려한 맨해튼의 야경은 불빛으로 더욱 화려해지고, 백화점 앞에 반짝이는 장식들은 세계 최고 디자이너들의 솜씨로 가히 장관을 이루지만 그 어느 것도 30여 년 전 한국의 작은 도시 공주에 생겼던 '아트박스'와 '바른손팬시'의 아름다움을 이길 수 있는 건 없었다.

세월이 흐르는 동안 나의 기억은 그리움의 색과 환상을 입어 아트박스도, 바른손팬시도 더 진한 동경 속에 자리하게 되었다. 지금 한국에도 여기 미국에도 그보다 훨씬 더 큰 문구점들이 많지만 나는 여전히 기억 속의 작은 가게를 떠올린다. 지금은 그 자리에 없겠지만, 소녀들의 설렘과 꿈과 두근거림은 아직도 그 자리를 맴돌고 있을 것이다. 여전히 그 자리에서 반짝이고 있을 것이다.

웅진과 고마나루와
유년의 신화 속에서

백제문화제와 큰언니 이야기 。

내가 자란 고장은 옛 왕조의 도읍이다. 백제의 짧았던 도읍. 한
때는 웅진이었던 그곳. 어릴 적 나는 그 자부심 속에서 살았다.
서울 외할머니 댁에 갈 때 택시 아저씨가 "시골에서 왔구나?"
하시면 "아니에요. 공주는 시골이 아니에요. 백제의 수도였는
데요."라고까지 대답하곤 했다. 사실은 사실이니까.
어쩌면 학교에서 집에서 세뇌를 당하는 수준이었던 것 같기도
하다. 인간을 사랑했던 곰 여인의 한이 맺힌 고마나루의 전설
은 놀러갈 때마다 어른들에게 귀에 딱지가 앉도록 들었고, 소
풍 때면 고마나루, 공산성, 사생대회 때면 무녕왕릉과 박물관

을 번갈아가며 다녔다. 고마나루에서 술래잡기와 수건돌리기를 하고, 공산성에서 보물찾기를 하고, 국립공주박물관의 벚꽃을 그리며 우리는 자랐다.(당시 국립공주박물관은 현재 충남역사박물관으로 사용되고 있으며, 국립공주박물관은 다른 곳으로 이전했다.)

은근히 부여보다도 공주가 더 훌륭한 도읍이었을 거라고 생각했다. 마치 우리의 시절은 공주가 웅진이고 웅진이 공주라, 우리가 곧 백제 사람이고 공주가 백제인 듯 뭐 그런 시절을 보낸 게 아닌가 싶기도 하다. 그런 시절이었다. 꿈인지 생시인지, 곰인지 사람인지, 웅진인지 공주인지, 백제인지 현재인지 알 수 없던 내 유년의 환상 같은 그런 시절이었다.

이러한 백제의 고장에서 최고의 행사는 단연 '백제문화제'였다. 부여와 번갈아가며 2년마다 한 번씩 열리는 백제문화제 계절이 되면 온 시내가 들썩였다.

몇 달 전부터 중고등학교에서는 백제문화제 준비를 시작하고, 우리 같은 어린아이들은 그저 들떴다. 헬리콥터에서 은색 금색 종이들을 뿌려대면 그걸 잡는다고 뛰어다니는 것도 좋았고, 평소에 볼 수 없는 거리의 화려한 장식들도 가슴을 설레게 했고, 길거리에 맛있는 것을 파는 가판대들이 줄지어 생기는 것도 좋았다. 솜사탕도 팔고, 장난감들도 팔았다. 거리마다 초롱 장식이 가득했고, 풍악소리가 울려 퍼졌다. 공주는 이미 백제 시대의 웅진이 되어 있었다.

백제문화제의 백미는 단연 '퍼레이드'였다. 공주고등학교에서 시작해서 공주철교 앞까지 갔다가 되돌아오는 여정이었는데, 수백 명의 학생들이 백제인으로 분장을 하고 시내를 행진했다. 귀족도 있고, 무사도 있고, 말을 탄 기마병도 있었다. 승려도 있었고, 큰 깃발을 들고 가는 기수도 있었다.

그렇게 많은 역할들 중에서도 높은 꽃가마 위에 앉아 있는 왕과 왕비는 우리 모두의 선망의 대상이었다. 화려한 비단옷을 입고 금관과 금귀걸이를 찰랑이며 우아한 모습으로 군중들에게 손을 흔드는 임금님과 왕비님. 그리고 그 바로 옆에는 선녀옷을 입고 머리도 선녀같이 틀어 올린 시녀들. 핑크색 샤랄라 커튼을 두른 꽃가마와 좌우의 선녀부채, 형형색색 늘어진 천 장식들까지!

아주 어릴 때부터 이 퍼레이드를 지켜봐 온 나는 왕과 왕비가 어느 다른 별에서 온 사람들은 아닌지, 혹은 과거 백제에서 날아온 진짜 왕족이 아닐까 상상하곤 했다. 그 아름다운 임금님과 왕비님이 그냥 학생들이라고는 믿을 수 없었다.

큰언니가 중학생이 되던 해, 그해는 우리 고장에서 백제문화제가 열리는 해였다. 각 학교마다 각자의 역할을 정하고 의상을 준비하느라 선생님들이 바빠지고 아이들은 흥분하는 가을이 왔다. 시내의 중고등학교마다 백제의 사대 실존 왕들을 나누어 각기 역할을 맡았다. 왕과 왕비를 누가 하느냐, 여학교에서는 특히 누가 왕비를 하느냐에 초미의 관심이 모아졌다. 왕과 왕비뿐 아니라 선녀 머리를 하는 시녀들까지 포함해 '과연 꽃가마에 누가 탈 것인가'는 모두가 촉각을 곤두세우는 중요한 문제였다. 누구든 꽃가마에 타는 소년소녀들은 세간의 관심과 부러움을 한몸에 받게 될 것이 분명했다.

그리고 얼마 후 우리는 놀라운 소식을 접했다. '여왕벌' 큰언니가 진짜 여왕이 된다는 놀라운 뉴스였다! 언제나 우리집과 학교, 동네의 여왕벌이었던 큰언니. 그 언니가 실제 꽃가마 위에 타는 왕비로 정해진 것이다. 그때 내가 느꼈던 충격과 시샘, 동경과 부러움, 놀라움과 자부심은 상상 이상이었다.

먼 세계의 사람들 같았던 왕비를 우리 언니가 하다니! 어릴 적부터 꿈꾸며 동경해온 그 자리에 우리 언니가 앉다니! 자랑스러워서 가슴이 터질 것 같았고, 한편으론 부러워서 기절할 것 같았다. 그 기간 내내 언니보다 내가 더 흥분해 있었다. 나도 언니 나이가 되면 왕비를 할 수 있을까. 나도 백제에서 온 진짜 왕족처럼 그렇게 꽃가마에 탈 수 있을까. 혼자 열심히 고민도 해보았던 시절이었다.

언니는 그렇게 진짜 여왕벌, 아니 왕비가 되었다. 화려한 금관을 머리에 쓰고, 붉은 치마에 초록색 저고리 금색 천을 두르고 높은 꽃가마에 앉아 호위무사들의 어마어마한 호위와 시녀들의 보좌를 받으며 진짜 왕비가 되었다.

언니의 기억에 의하면, 어느 누구도 무엇을 하라고 이야기해주지 않아서 웃어야 할지 말지도 모르겠고, 손을 흔들어야 할지 말지도 모르겠고 아주 난감했다고 한다. 옆에서 시녀를 하던 애들이 "야, 손 흔들어야지." 하면 흔들었다가 또 아래에서 애들이 "어머, 쟤네 뭐라고 또 손을 흔드니?" 하면 어색하게 흔들던 손을 집어넣고 그렇게 정신없이 퍼레이드를 마쳤다고 한다.

모두의 관심이 집중되는 왕비의 자리였으니 그럴 만도 하다. 왕비로 뽑힐 때부터 퍼레이드를 마치는 순간까지도 질투와 시기 등 온갖 관심은 다 받았으니 이런저런 수군거림에 신경이 쓰였을 법도 했다. 어린 나이의 왕비였다.

얼마 안 있어 우리는 서울로 전학을 갔다. 나는 영원히 백제 사람인 줄 알았고, 언젠가 나도 백제문화제의 왕비가 될 수 있을 거라 꿈꾸었던 나의 환상은 여지없이 깨지게 되었다. 그러나 지금 생각해보면 계속 고향에 살았다 해도 생애 한 번도 여왕벌인 적 없던 꼬맹이가 왕비가 되었을 것 같진 않다. 그리고 내가 못 해봐서 아쉽지만, 그래도 언니의 왕비 등극으로 인하여 나에게 백제문화제는 오래도록 기억에 남을 추억이 되었다. 적어도 왕비의 동생, 왕족은 되어본 게 아닌가!

그리고 그때 여왕벌이자 왕비였던 언니는 지금은 평범한 아줌마이자 정다운 자매로 나와 함께 늙어가고 있다. 다만 소중한 그날의 사진은 과거의 영화를 추억하게 해주는 작은 증거로 남아 있다.

지금은 세월이 흘러 더 이상 옛 백제의 세월들에 환상은 없지만 그래도 가끔, 아니 종종 생각나곤 한다. 옛 왕조의 도읍에 살았던, 그 신화와 전설 속에 살았던, 어린 시절의 이야기가 말이다. 백제의 왕비가 되어 꽃가마 타기를 꿈꾸고 웅진과 고마나루의 아름다운 곰 처녀의 환상, 어디 즈음에 자리하고 있던 나의 유년 시절 이야기가. 아름다웠던 어린 왕비, 큰언니의 꽃가마와 함께 그렇게 나의 꿈속에서 추억 속에서 나타나곤 한다.

흐르는 제민천의
물소리도 맑구나

제민천 이야기 。

얼마 전 공주를 다녀온 후배의 문자를 받았다. 제민천 근처의
한옥 펜션에서 며칠을 묵었는데 참 좋았다는 것이다. 내가 이
책의 배경이 바로 그곳이라 하자, 후배는 깜짝 놀라며 무척 반
가워했다. 나 또한 오랜만에 듣는 공주, 그것도 제민천 소식에
반가운 마음 감출 길 없었으나, 한편으로는 더 이상 내가 아는
그곳이 아니리라는 생각에 조금은 쓸쓸해지기도 했다. 하지만
인터넷을 통해 찾아본 제민천은 화려하진 않지만 과거와 현재
가 어우러진 거리, 야경이 아름다운 감성 충만한 곳으로 변모
해 있었다.

학교에서 오는 길. 걷기에 가까운 거리는 아니었지만, 그래도 씩씩하게 비가 오나 눈이 오나 책가방 메고 열심히 달렸던 길. 자전거 사고도 당했던 길. 오다 보면 '마리아 수예점'도 있고, 장날엔 장 구경도 하던 길. 그 길이 제민천 옆길이었다. 비가 오는 날엔 우산을 부딪히며 걸었고, 눈이 오는 날엔 떨어지는 눈을 먹으며 달려가던 길.

나의 초등학교 교가에는 '흐르는 제민천의 물소리도 맑구나.' 라는 가사가 들어 있었으니, 제민천은 우리 학교의 상징이자 곧 공주의 상징이었다. 교문을 나와 걸으면 플라타너스 나무가 냇물 옆으로 끝도 없이 심어져 있었다. 그 덕에 그토록 많은 벌레들이 있었던 거라고 언니는 말했다. 하긴 어린 시절을 생각하면 그 송충이를 닮은 벌레를 말하지 않을 수 없을 정도로 우리는 진저리를 쳤다.

때로는 플라타너스 나무들 사이로 삐라를 발견하기도 했다. 붉고 섬뜩한 글씨로 '남조선 인민'이니 '괴뢰'니 어쩌고 하는 알 수 없는 말이 써 있었다. 대단한 보물인 양 삐라를 선생님에게 가지고 갔다.

플라타너스 길만 지나도 휴우~ 했다. 이제 다리를 건너 쭈욱 가면 집 근처까지는 갈 수 있으니까. 말 그대로 '산 넘고 물 건너' 다니는 학교 길이었다. 어린 다리로 족히 30~40분은 걸었던 듯한데 지금 걸으면 얼마나 걸릴까 문득 궁금해진다.

언니들과 함께 제민천 옆 좁은 턱 위를 걷는 기분은 아슬아슬 짜릿했다. 어른들이 보면 위험하다고 한마디씩 하셨지만 기어코 그 좁은 턱 위로 걸어가고야 말았던 날들. 때로는 제민천에서 소금쟁이를 잡기도 했지만, 나 어릴 적만 해도 제민천에서 수영을 한다거나 하는 일은 거의 없었다.

아빠는 종종 말씀하셨다.

"우리 때는 제민천에서 목욕하고 수영하고 다 했어!"

장난꾸러기 아빠의 어린 시절에도 제민천은 늘 친구 같았나 보다. 아빠는 그곳에서 친구들과 멱을 감고, 수영을 하고, 물고기를 잡으며 여름날의 지리함을 달랬다. 잠자리를 잡으러 돌아다니기도 했다. 겨울이 되어 개울물이 얼면 썰매를 탔다.

교대 다닐 때부터 공주에 살았던 엄마에게도 제민천은 곁에 있었다. 북쪽 수원지에서부터 금강으로 흘러드는 제민천 물줄기는 공주에 사는 모두의 삶 속에 함께 했기에.

학교에서 회식이라도 있는 날엔 엄마는 술 냄새를 풍기고 집에 가는 것이 부끄러워 제민천 다리와 다리 사이를 몇 바퀴씩 걷다 들어가셨단다. 그렇게 술 냄새를 완전히 없앴다고 자신만만해서 들어가 할머니에게 "다녀왔습니다!" 인사를 하고 방으로 갔다는데, 나중에 할머니께서 고모에게 "얘, 새애기는 술도 잘 마시나 봐. 집에 왔는데 술 냄새가 폴폴 나." 하시더란다.
결국 제민천 다리를 그렇게 돌았던 엄마의 노력은 혼자만의
착각이었던 것이다.

거기에 제민천 대통다리 옆에 있던 공주 유일의 아이스크림집
은 모두의 선망의 장소였다. 엄마가 아기를 가졌을 때 얼마나
그 아이스크림이 먹고 싶었던지 학생들이 없을 때 얼른 두 개
를 사오셨단다. 왠지 아이스크림을 먹는 게 아이 같고 부끄러
워 할머니께 말씀도 못 드리고 몰래 먹으려 하는데, 할머니가
부르셔서 나갔다 들어오니 아이스크림은 모두 녹아 있었다고.
슬픈 이야기다. 어른을 모시고 살면 아무래도 매사에 행동이
조심스러우니 그랬을 테지만, 지금 나로선 상상도 안가는 일
이다. 아이스크림 먹는 게 뭐가 어때서!

제민천에 얽힌 엄마의 사연은 비단 그뿐만이 아니다. 이는 내
운명에도 연관된 중요한 일이다. 언니들 둘이 태어나고 아직
내가 태어나기 전, 그러니까 엄마는 세 번째 임신을 하고 있을
때였다. 어느 날 엄마가 자전거를 타고 제민천 다리를 건너시
는데, 그만 옆 골목에서 달려오던 다른 선생님의 자전거를 피
하느라 자전거를 탄 채 다리 밑으로 떨어진 것이다. 그리고 유
산을 하게 되었다.

아기를 잃은 엄마의 마음에 상심이 얼마나 컸으랴마는 사실

그 사건이 없었다면 나는 이 세상 사람이 아니었을 게다. 지금 이렇게 글을 쓰고 있는 일도 없었겠지. 아빠 말씀에 의하면 그 아이가 '남자아이'가 틀림없었다고 하니. 딸 둘에 아들 하나로 족하고도 넘쳤을 부모님이 또 아이를 가졌을 일은 없었을 것이다. 자고로 운명은 이와 같이 흘러 나를 이 세상에 내놓았고, 그 과거의 사연을 이리 적고 있으니 재미있는 일이다.

사진을 통해 본 오늘날의 제민천은 조금은 변하긴 하였으나 과거의 정취는 그대로였다. '대통교'라고 쓰인 대통다리의 모습도 그대로였고, 심지어 근처에 있던 '무궁화목욕탕'은 '무궁화 회관'이라는 이름의 식당이 되어 있었다. 그 회관의 사진을 보는 순간 나는 탄성을 지르며 '목욕탕!'을 외쳤다. 엄마의 오토바이에 실려 주말마다 다니던 목욕탕까지, 제민천 대통다리 근처의 모습은 나를 그 시절 그 시간으로 끌고 들어갔다. 많은 것이 변했지만 변하지 않은 것들이 있어 마음을 따뜻하게 했다.

세월이 지나도 변하는 것이 있고 변하지 않는 것이 있다.
변한 것은 그 다리를 오가는 우리가 그곳에 없다는 것.
단장된 다리 옆길과 새로 생긴 카페와 펜션들.
사라진 플라타너스 나무들.

제민천 물줄기 옆에 있던 사라진 미나리꽝.

변하지 않는 것은
변함없이 대통다리 밑을 흐르고 있는,
금강으로 흘러가는 제민천의 물줄기.
그 냇물이 전하는 소박한 삶의 이야기들.
비록 더 이상 우리 가족의 이야기는
대통다리와 제민천을 끼고 이어지지 않지만
흘러가는 냇물은 기억하고 있을 것이다.
그곳에서 목욕하고 빨래하시던
할머니와 여인네들의 이야기를.
아침마다 책가방을 둘러메고 가던
장난꾸러기 아빠의 이야기를.
다리에서 떨어져 아이를 잃은 엄마의 이야기를.
그리고 소금쟁이를 잡고 고추잠자리를 쫓던
플라타너스 나무와 제민천 사이를 뛰어가던
나와 우리들의 이야기를.

빛의
교회

공주제일교회 。

그곳은 한옥집과 연결된 또 하나의 집이었다. 지금은 박물관이 되어 있다. 그럴 만한 일이다. 오래도록 이어질 가치가 있는 역사를 담은 곳이고, 유관순 열사의 시간을 품은 곳이고, 수많은 역사적 인물들의 삶이 스쳐간 곳이므로. 또한 건물의 아름다움만으로도 고이 보존될 만한 곳이다.

그러나 몇 년 전, 공주기독교박물관이 된 교회를 사진으로 보았을 때는 정말이지 깜짝 놀랐다. 어린 시절 한옥집과 연결되어 살아 숨쉬던, 생동감 넘치던 그곳이 고요한 박물관이 되어 있었으니까. 그 느낌을 좋았다고 해야 할지 슬펐다고 해야 할지는 모르겠다. 사라지는 것보다야 당연히 보존되고 관리되고 많은 이들이 찾을 수 있는 장소가 된 것이 옳고도 바람직한 일이리라. 아직도 그곳이 아이들과 어른들로 북적이는 사람냄새 나는 곳이길 바라는 내 마음 또한 욕심이겠지.

공주제일교회.
한옥집에서 나가 골목을 지나 왼쪽으로 조금 걷다 제민천 다리를 하나 지나면 곧 교회 정문이 나타난다. 교회 정문은 우리 자매 셋에게는 익숙한 곳이자 한옥집 나무 대문만큼이나 편안한 장소다. 그곳에 기대서서 엄마나 할머니를 수없이 기다리고 친구들을 만나던 곳. 크리스마스 선물로 받은 형형색색 박하사탕과 바나나를 자랑하기에도 더없이 완벽한 장소였다. 그렇게 하루 종일 정문에 기대어 오가는 모든 이에게 자랑하던 바나나는 결국 몇 입 먹지도 못하고 물러 터져버렸지만.
정문을 지나 계단을 올라간다. 지금 사진으로 보니 몇 개 되지도 않는데, 그때는 한 계단 한 계단 그야말로 하늘을 향해 가듯 그리 올라갔다. 수없이 많은 가위바위보 게임을 하면서 계단을 올라가면, 교인들 이름이 빼곡한 나무로 만든 주보함이 양쪽에 길다랗게 있었다. 엄마아빠와 할머니 이름은 오른쪽 위쪽 자리였다. 아빠의 주보는 일요일이 지나도 언제나 그대로 있었다. 아빠는 교회에 다니지 않았으니까. 그러나 교회에 다니지 않았다 하더라도 아빠는 교회 식구였다. 엄연히. 그럴 수밖에 없었다. 우리 가족 모두가 교회 식구였으니까.

대예배당 문을 열면 그 빛과 색깔의 향연. 정면에 있는 세 개의 작품은 내 인생의 첫 스테인드글라스 유리이자 영원히 지워지지 않게 각인된 빛의 예술작품이다. 알고 보니 세 개의 작품은 성삼위일체를 표현해낸 것이고, 우리나라 초기 스테인드글라스 개척자인 이남규 선생의 작품이라 한다. 그러나 당시 내가 알 게 무엇이었으랴. 그저 내 집, 내 교회, 그곳의 예배당, 아름다운 스테인드글라스. 그 뿌듯함으로 충분했으니.

대예배당은 아름다웠고 경건했다. 그러면서도 친숙한 장소였다. 왼쪽 줄 제일 앞자리는 언제나 나의 할머니, 박정순 권사님 자리였다. 새벽에도 밤에도 할머니는 자그마한 몸을 더 작게 말아 구부리고 그 자리에서 기도를 하고 계셨다. 나는 종종 할머니를 찾아 예배당을 뛰어 들어가 "할머니!" 하고 부르곤 했다. 햇살 좋은 낮이면 스테인드글라스의 빛에 할머니의 등과 머리칼이 반짝였다. 마치 성경 속의 한 장면같이 할머니가 스테인드글라스 속으로 쏙 들어가 버릴 것만 같았다.

할머니는 "쉿!" 하면서 나를 옆자리에 앉혔다. 그러면 나는 할머니의 성경 가방을 뒤지며 놀았다. 할머니의 가방 속에는 줄

달린 돋보기안경과 사탕이 몇 개, 두꺼운 성경책과 악보 없이 가사만 세로로 적혀 있는 찬송가가 들어 있었다. 그 찬송가가 나는 신기했다. 오선지 악보 하나 없어도 가사만 보고 척척 다 따라 부르시는 할머니도 신기했다.

그 외에 여러 예배당 장소가 있었다. 그러나 진짜 나의 놀이터는 따로 있었으니 교회 건물 옆에 널따란 마당과 제일 안쪽에 있는 목사님의 사택이었다. 지금은 대예배당 건물만 있고 옆의 마당 자리도 다 없어졌다. 그러나 널찍하던 마당은 엄마와 할머니를 기다리느라 친구들과 고무줄을 하고 '무궁화 꽃이 피었습니다'를 하던 곳이었다. 목사님의 딸이 나와 동갑내기 친구라 나는 사택을 제집 드나들 듯했다. 그 친구를 나는 '뚜뚜'라 불렀고 함께 많은 시간을 보냈다.

하루는 교회 선생님께서 우리 집에 오셨다. 할머니와 긴히 이야기를 나누고 계셨는데, 무슨 얘긴지 궁금해서 애가 타던 나는 들락날락 선생님이 가시자마자 할머니에게 달려들었다. 내용인즉슨 큰언니가 이제 제법 컸으니 예배 시작할 때와 끝날 때 목사님 앞에서 금색 봉을 들고 가서 촛불을 켜고 끄는 일을 시키면 어떻겠느냐는 것이었다. 그것도 하얀 천사 같은 옷을 입고!

아, 정말이지 세상은 불공평한 것이었다. 왜 모든 좋은 일은 다 큰언니가 하는 것인가! 언니들은 어린이 성가대 활동도 해서 하늘하늘거리는 옷을 걸치고 주일마다 성가대석에 앉을 수 있었다. 1년에 한 번 열리는 충남교회성가제에 중창단으로 참가도 했다. 또 언니들은 공주 시내의 '보리수 합창단'에도 합류해 하얀 재킷에 자주색 스커트, 자주색 베레모까지 쓰고 온갖 멋진 장소에서 노래를 불렀다. 언니들보다 내가 분명 더 잘 부를 수 있는데! 뿐만 아니었다. 언니들만 '빙그레 이글스 응원단'이라는 것에 당첨되어 여러 가지 선물도 다 받았다. 그게 뭔지는 모르지만 불공평한 것은 한두 개가 아니었다.

그런데 그중에서도 가장 예쁘고 가장 멋있어 보이는 일. 예배당에서 그토록 경건하고 그토록 아름답게, 예배 시작 전에, 심지어 목사님 앞에서, 금색의 종막대기를 들고 가서 촛불을 켜는 일. 그런 멋진 일을 큰언니가 하다니! 도대체 나는 언제 커서 큰언니가 하는 모든 일을 다 할 수 있게 된단 말인가!

몇 주 후, 큰언니는 달걀같이 하얀 얼굴에 잘 어울리는 흰 날개 같은 천사 옷을 입고 촛불을 켜기 위해 예배 시작 때 입장했고, 또 촛불을 껐다. 그런 큰언니를 바라보고 있던 나는 그저 시간이 빨리 흐르기만을 기도했다. 언젠가 나도 저 자리에 설 수 있기를 간절히 기도했다. 작은 두 손을 모으고. 그러나 그 기도는 나에게가 아닌 작은언니에게 이루어졌다. 다음해 큰언니의 뒤를 이어 작은언니가 천사 옷을 입었고, 그 뒤 나에겐 영원히 기회는 오지 않았다, 비극적이게도.

작은 발걸음으로 수백 번, 수천 번을 오가던 곳이었다. 남부 지역 최초 창설된 감리교 교회인지도, 1892년부터 시작된 유구한 역사를 가진 줄도, 수많은 선교사와 역사적 인물들의 혼이 어린 곳인 줄도, 독립운동의 불이 타올랐던 곳인 줄도 몰랐다. 그저 한옥집과 같이 내 집이었고, 내 마당이었다. 학교에서 오는 길 멀리서도 보이던 교회 첨탑에 가슴이 따뜻해졌고, 주일에 헌금을 하기 위해 200원이라도 모으면 그게 그렇게 뿌듯했다. 마지막으로 방문한 게 20년도 더 전이다. 사촌언니 결혼식 때문에 공주에 갔다가 할머니와 함께 예배를 드렸다. 그토록 크고 넓고 높았던 예배당이 홀쩍 작아져 있었다. 하이힐까지 신은 내가 너무도 커버렸던 모양이다. 문득 하이힐을 벗어던지고, 정장으로 차려입은 투피스 대신 어린 시절 입던 멜빵바지에 언니들에게 물려받은 팔꿈치 닳은 스웨터를 걸치고 교회 마당을 뛰어다니고 싶었다. 있지도 않은 뚜뚜를 찾아 교회 구석구석을 헤매고 싶었다.

○ ○ ○

그때도 지금도

나의 기억 속에서 공주제일교회는

빛의 색이다.

크리스마스의 색이다.

달콤한 박하사탕의 색이다.

반짝이는 스테인드글라스의 색이다.

자그마한 할머니의 등에 비치던 빛의 따스함이다.

결국 내겐 기회가 없었지만,

천사 옷의 언니가 조심스레 켜던 근사한 촛불의 색이다.

아마 1910년대 공주에서 영명학교를 다니며 공주제일교회에서 믿음을 키웠던 유관순 열사도 그리 똑같이 느꼈을 것이라 생각한다. 비록 그때 스테인드글라스는 없었지만, 허름한 초가 두 동에서 예배 드리던 그런 시절이었지만, 분명 그녀는 그곳에서도 역시 빛의 따스함과 아름다움을 느꼈을 것이다. 박목월 시인, 이상화 시인도 그 아름다움과 따스함에 반해 빛의 교회에서 결혼식을 올렸을 것이다. 그리고 유관순 열사는 〈미스터 션샤인〉에서 고애신이 말했듯 꽃 중의 꽃, 불꽃으로 살고자 했을 것이다. 그리고 그렇게 빛처럼 불꽃처럼 타오르는 삶을 살았을 것이다.

나의 다리는
언제나 그곳에 남아

금강철교와 금강대교 。

나에게 '공주'란 남쪽으로는 공주여고, 북쪽으로는 금강철교
까지를 뜻했다. 제민천이 흘러 흘러 금강에 가 닿는 딱 그만큼
의 거리. 그만큼의 아늑함. 내게는 그것으로 족했다. 아니 차고
도 넘쳤다. 그 이상의 세상은 필요하지 않았고, 세상의 모든 존
재 목적이 모두 그 안에 담겨 있었다.

한옥집을 중심으로 나의 초등학교가 있던 남쪽 끝. 좀 더 화려
하고 복잡했던, 산성시장과 공주터미널이 있던 북쪽 끝. 금강
철교 너머의 동네에서 학교에 다니는 친구들을 볼 때면 "그렇
게 멀리에 살아?" 하며 깜짝 놀랐다. 마치 그들이 세상 끝에서

산 넘고 바다 건너 이곳까지 온 듯 신기하기만 했다.

'그 너머'가 나의 공주에 포함되기 시작한 건 내가 열 살 되던 해 두 번째 금강다리가 새로 생긴 뒤부터였다. 다리가 하나 새로 생겼다는 건, 세상이 그만큼 넓어지고 높아지고 눈이 열리고 귀가 트이고 두 발이 갈 수 있는 곳이 늘어났다는 의미였다. 다리는 작은 세상들을 연결하고 새로운 영역을 만들어냈다. 그리하여 나의 세상은 확장되었고, 두 개의 교각은 모두 '나의 다리'가 되었다.

금강철교는 사실 좁고도 불안했다. 일제시대였던 1933년에 지어졌기에 폭이 무척 좁고, 그래서 더 끝도 없이 길게 느껴졌다. 버스를 타고 지나가도 흔들흔들하는 듯 어지러웠다. 하지만 그 느낌이 또 재밌고 좋았다. 처음 지어졌을 때는 남한에서 제일 긴 다리였다고 한다.

금강철교의 역사에 대해서는 어린 시절 어른들께 듣고 또 들었다. 원래 충남의 도청 소재지는 '공주'였는데, 그게 대전으로 옮겨가면서 보상으로 받은 게 금강철교였다고. 그때 도청을 대전으로 옮기면 안 되는 노릇이었다고. 그때 공주에 기차가 들어왔어야 했다고. 어른들은 혀를 끌끌 차며 그런 이야기들을 하셨다. 그런 어른들의 아쉬움이 뭔지는 잘 몰랐지만 금강철교는 나름대로 우리의 어린 시절에도 매우 중요한 존재였다. '내 세상의 끝은 바로 다리'라는 공식을 세워주었고, '다리를 통해서만 나의 세상은 확장될 수 있다.'는 것도 알려준 곳이었다.

외국에 살다 온 이모는 그 다리를 공주의 '퐁네프의 다리'라고 했다. 아니 그보다 더 아름답다 했다. 퐁네프의 다리를 가본 적도, 사진 한번 제대로 본 적 없었지만 아무튼 우리 다리가 그렇게 멋있구나, 라고 생각했다. 지금은 이모의 그 말을 깊이 알고 느낀다. 천년 전부터 있던 성곽을 끼고 도는 금강, 그 위에 마치 날아갈 듯 맵시 있게 빠진 좁고 긴 교각, 하얀 아치 장식이 휘돌며 감싸는 다리. 누가 본들 아름답지 않을까.

열 살이 되던 해 금강철교 옆으로 새로 생긴 금강대교는 넓고도 편안했다. 다리에는 무조건 옆으로 치렁치렁한 아치 장식이 달려야 하는 건 줄 알았는데, 그런 것 하나 없이도 멋있었다. 금강철교를 지날 때면 차를 타든 걸어서든 긴장해서 지나느라 다리 아래를 볼 엄두조차 내지 못했다.

그러나 새로 생긴 다리에서는 깊은 강 아래를 얼마든지 오래오래 바라볼 수 있었다. 저 아래로 떨어지면 어떻게 될까. 강물은 얼마나 깊을까. 저 깊고 푸른 물속으로 빨려 들어가면 무엇이 있을까. 두렵고도 오싹한 상상을 하기도 했다. 오래도록 바라볼 수 있었기에 금강이 그토록 반짝이는 곳인 줄도 처음 알았다.

토요일 오후 친구들과 산성동을 지나 금강철교를 건너 다시 금강대교를 돌아 집에 오는 멀고 먼 일탈을 한 적도 있었다. 공산성과 그 아래를 수천 년간 굽이쳐 흐른 금강. 그곳에 놓인 두 다리를 크게 돌아 걷는 오후는 시간도 공간도 잊게 했다. 강물은 반짝이고, 공산성은 언제나처럼 멀리 서 있고, 오랜 다리는 강과 함께 출렁이며, 새로 생긴 다리는 그 모든 것을 포용하듯 넓고 여유로웠다. 그 오후 나는 수천 년의 시간을 거슬러 끝도 없이 흘러온 강가를 어린 마음속 깊이 각인시켰다.

내가 서울로 전학을 간 이후 공주에는 세 번째, 네 번째, 모두 다섯 개의 교각이 더 생겼다. 그 어느 다리도, 차로만 몇 번 건너보았을 뿐 두 다리로 느껴본 적이 없기에 '나의 다리'라 할 수가 없다. 하나의 다리가 내 세상 안에 들어오려면 적어도 몇 번은 두 다리로 건너고, 버스를 타고 수십 번은 지나며, 수백 번은 출렁이는 강을 바라보고 맛보아야만 한다. 그리하여 나의 마음과 하나가 되고, 나의 이야기를 가득 품어줄 수 있어야 비로소 '나의 다리'가 되는 것이다.

금강철교과 금강대교는 여지껏 둘이었고 지금껏 둘인 '나의 다리'다. 공주를 떠난 뒤로도 지금까지 또 다른 다리가 추가되지 않았다는 것은 아쉬운 일이지만, 그만큼 원래의 존재가 소중하고 애틋하다는 의미이기도 하다. 내 인생의 목록 중 하나에 함부로 무언가를 올릴 수는 없는 노릇이니까.

지금 내가 사는 메릴랜드 지역에서 멀지 않은 곳에는 아나폴리스 도시와 섬을 잇는 유명한 다리가 하나 있다. 멀리서만 보아도 황홀하고 차로 운전해서 건널 때면 반짝이는 윤슬에 숨이 멎는다. 그런데 나는 이 엄청난 스케일의 다리를 '나의 다리'에 올릴 수가 없다. 그 이유를 뭐라 딱히 말할 수는 없지만 내게는 부족한 그것. 어떤 아름다움으로도 상쇄할 수 없는 2퍼센트, 아니 22퍼센트. 내가 더 오래오래 이곳에 살면서 추억이 쌓인다면 언젠가 결국 '나의 다리'가 될지도 모르는 일이지만, 지금으로선 좁고 흔들리던 금강철교와 비교도 할 수 없는 다리다.

그러나 비록 아름답고 화려한 장식이나 짙푸른 바다가 아니라 할지라도, 그저 내 나라 내 고향으로 이어지는 다리가 있다면, 나의 한옥집 반짝이던 시절로 가는 다리가 있다면, 기꺼이 '나의 다리'로 삼아 걷고 걷고 또 걸어 그곳에 닿고 싶다. 두 개의 금강다리를 건너 집으로 향하던 그 어느 어린 날 오후처럼, 끝도 없이 걸어 그 시절에 가 닿고 싶다.

한옥집이
써 내려간 이야기

한옥과 집

4.

그렇게 집은
한 생애를 마감했다

집의 생애 。

때로 나는 그런 생각을 한다. 집도 사람처럼 한 생애가 있고, '생의 초기 − 중기 − 후기' 혹은 '탄생 − 어린 시절 − 전성기 − 쇠퇴 − 소멸' 이런 생의 주기를 갖는 것은 아닐까. 집도 생명과 온기를 지니고, 사랑함과 사랑받음을 느끼고, 그 안의 무수한 것들을 품어주고 지켜주는 힘을 지닌 것은 아닐까.

내 기억 속의 집은 그러하다. 생명을 가지고 태어나 많은 이들과 함께 가장 따뜻하고 밝은 시기를 거치고, 사랑하던 사람들을 잃어버림과 동시에 쇠퇴하고 소멸하여 생의 한 주기를 마감한 집.

나의 할아버지는 1930년대, 당신의 젊은 시절 이 집을 지으셨다. 수원지 옆의 크고 좋은 나무를 베어 날라 2년여에 걸쳐 그토록 정성스레 지으셨다고 한다. 나무 하나하나 바람에 말려 대패질을 하고, 기왓장 하나도 허투루 올리지 않으시며, 오랜 시간과 정성을 들이셨다. 할아버지께서 살아 계셨다면 집을 지으신 이야기를 자세히 들었겠지만, 이 이야기는 나의 아빠도 태어나기 전 일이라 먼 나라 이야기처럼 그저 전해 내려오는 이야기를 듣는 수밖에 없음이 아쉽다.

집이 만들어질 당시 집 옆은 고을 원님이 살던 '공주목 관아'였고, 뒤로는 골짜기가 있는 아름다운 땅이었다. 할아버지의 정성과 신념으로 지어진 집에서 아빠보다 무려 열 살 위인 큰고모가 태어났고, 아빠가 태어났고, 작은 아빠와 고모 둘이 또 태어났다. 모두 다섯 남매가 오색 천연한 기와지붕과 나무들이 흐드러진 한옥집에서 어린 시절을 보냈다. 거기에 미망인이 되신 할아버지의 여동생이 만주에서 자녀들과 함께 돌아와 친정에서 지냈기에 다섯 남매에 사촌남매 둘까지, 집은 조용할 틈이 없었을 게다.

집에는 위기도 있었다. 1950년, 아직 집도 어린아이에 불과했을 그 무렵 6·25 발발과 함께 위기가 찾아왔다. 전쟁이 일어나자 할머니 할아버지도 리어카에 짐을 가득 싣고 온 가족을 이

끌고 피난을 가셨는데, 산을 넘어가던 그 길을 아빠는 가끔 회상하신다. 전쟁이 뭔지도 모르고 그저 리어카 타고 가는 길이 신나서 좋아하다가 어른들께 혼이 나셨다고 말이다. 또 시골에서 몸이 약한 사촌누님을 몸보신 시킨다고 형제들과 산에 독사를 잡으러 다니고, 열매를 따서 먹고 다녔던 피난살이였다.

그 기간 동안 한옥집은 방치되어 있었다. 3개월여 동안 시골에서 지내다 돌아왔을 때 주변의 집들은 모두 불에 타 잔해만 남아 있었다. 우리 집도 타버린 줄 알고 황망하여 찾았을 때 다행히도 한옥집은 그 자태 그대로 남아 있었다. 놀라운 일이었다. 어른들은 "집터가 좋아서 그런가 보다."라고 하셨다지만 나는 이 집의 생명이 스스로를 지켰다고 믿는다. 훗날 나와의 만남에 이르기까지, 자신의 생애를 완성하기까지, 스스로를 지키고 버텨온 생명력! 나는 그것을 믿는다.

물론 집은 망가져 있었다. 그토록 어른들이 정성 들여 가꾸신 정원은 잡초로 덮이고, 감나무는 늘어지고, 엉망이 되어 있었다. 벽에는 '장백산 줄기줄기' 어쩌고 하는 이북 노래가 쓰여 있었다. 그러나 그 당시 귀하게 사 모았던 전축, 라디오, 카메라 등은 벽장 깊숙이 숨겨둔 채 그대로 있었다.

아빠와 형제들은 시끌벅적하게 이 집에서 자랐고, 그렇게 한 세대가 지나갔다. 그리고 큰아들인 아빠가 홍성 사람인 엄마와 결혼을 하고 우리를 낳으며 집의 새로운 세대가 시작되었다. 당신의 자녀들을 키워 떠나보낸 이 집에서 할머니는 큰아들 큰며느리와 우리 딸 셋과 함께 새로운 삶을 사셨고, 할아버지를 이 집에서 저세상으로 떠나보내셨다.

"내가 어릴 때 어느 나이 든 목사님이 그랬죠. 생명의 탄생, 결혼, 그리고 죽음을 겪지 않은 집은 온전한 집이라 할 수 없다고요."

내가 좋아하는 책《빨간 머리 앤》에 이런 문장이 있다. 그런 의미에서 나의 한옥집은 '집'의 '집됨'을 완성한 셈이다. 많은 탄생이 있었고, 할아버지의 죽음이 있었고, 결혼들이 있었으니까. 또한 우리 가족의 이야기뿐 아니라 사랑채와 별채를 드나든 많은 이들의 이야기까지 수많은 사연과 인생을 품은 집이었다. 이러한 것들이 한옥집의 '집됨'을 완성한 것이리라.

내가 초등학교 4학년이 되던 해, 우리는 아파트로 이사를 갔다. 할머니는 절대 이 집을 떠나지 않겠다고 하셨고, 우리만 떠났다. 할머니는 홀로 이 집에서 다른 방들은 다 세를 놓으신 채 몇 년을 지내셨다. 이후 결국 할머니도 집을 팔고 작은아빠네 집으로 들어가셨고, 우리 가족도 서울로 이사를 갔다.

그때 뒷마당에 있던 장독대를 깨고, 수호신과 같았던 나무를 인부들이 베어냈다는 이야기를 들었는데, 그 장면을 직접 보지 않았음에도 불구하고 나는 마치 집의 심장을 끊어내는 듯한 느낌을 받았다. 나무가 잘려나가며 받았을 고통은 나에게도 고스란히 전해져 오래도록 마음 한편을 아프게 했다.

지금도 그 집은 남아 있다. 부모님은 공주에 가실 때면 저 멀리서 집의 외관을 찍어 우리에게 보내주시곤 한다. 물론 예전의 느낌은 없다. 주변도 다 변하고, 집 자체도 형태만 남아 있을 뿐 완전히 달라 보인다. 그리고 집이 그대로 남아 있다 한들 나와 함께 했던 한옥집의 한 생애 주기는 이미 마감을 했다고 생각한다. 고쳐지고 변화하며 다른 이들과 함께 한 지 오래된 집은 나와는 운명을 달리하는, 집의 새로운 생애다. 할아버지가 지으시고, 아빠의 남매들이 자라고, 나와 언니들이 꿈을 꾼 그 집의 생애는 이미 우리가 집을 떠날 때 끝났다.

내가 사랑하던 집.

나의 유년의 삶과 추억이 가득한 집.

나의 유년과 가장 찬란한 시간을 꽃피우고 우리를 사랑하고 보호해주며 스스로를 지켜온 집은 우리가 그 집을, 장독대와 그 오래된 나무를 버리고 나왔을 때, 스스로의 생애를 이미 마감했다.

그리하여 나는 나의 집이, 나와 옛 집을 사랑하는 사람들의 기억 속에서 다시 생명을 갖고 그리움의 색을 입기를 바란다. 사라진 옛집을 그리워하는 모든 이들의 기억에서 영원히 살아 있기를 소망한다. 또한 나의 옛집이 지금 그 집에서 사는 이들과 함께 그의 새로운 생의 주기를 아름답게 가꾸어나가고 있기를 소망한다.

산으로 둘러싸인 마당 한가운데서
계절을 느꼈다

계절 。

어린 시절 나는 세상에서 산이 보이지 않는 곳은 없다고 생각했다. 마당 가운데에서 빙빙 돌며 먼 곳을 바라볼 때 그 어디를 봐도 저 멀리엔 산이 있었다. 뾰족한 산, 둥근 산, 완만한 능선이 겹쳐 있는 산. 높은 산, 낮은 산. 나를 둘러싼 세상은 온통 산이었다. 나는 언제나 산들의 한가운데 있는 존재였다. 옛 도읍의 정기가 서려 있는 산들 가운데 우리 집 마당에서 나는 계절의 변화를 느꼈다.

봄

한옥집의 봄은 꽃과 함께 시작한다. 지금도 잠이 많은 내가 아침에 이불을 뒤집어쓰고 일어나지 않으려 버티던 어느 날, 아빠가 번쩍 목마를 태워서 마당에 나가셨다. 그때 부스스 눈을 비비며 바라본 개나리꽃, 진달래꽃, 목련꽃. 그 향기가 한꺼번에 다가와 정신을 혼미하게 하던 그 아침. 흰철쭉 황철쭉 붉은 철쭉에 보랏빛 라일락 향이 가득하던 아름답던 그 봄의 마당.

여름

한옥집의 여름나기는 쉽지 않다. 정원 곳곳에 숨어 있는 강력한 모기들 때문이다. 언제나 온몸에 주먹만 한 모기 자국을 달고 다니며 하루 종일 박박 긁곤 했다. 방마다 모기장이 있어도 소용이 없었다. 우리들은 늘 어디론가 쏘다녔으니까. 대청마루에 누워서 앞뒤로 통하는 바람을 솔솔 맞으면서 좋아하는 《브리태니커 어린이 백과사전》 한 권을 끼고 뒹굴대며 할머니의 다듬이질 소리를 듣고 있으면 스르르 잠이 든다. 그렇게 잠이 들면 누군가 와서 얇은 삼베이불을 덮어준다. 그 온기를 느끼면서 더 깊은 잠에 빠져드는 여름밤이었다.

하지만 뭐니뭐니 해도 여름에는 언니들과 함께 하는 다라이 목욕이 최고다. 그때 우리 욕조였던 빨간 다라이. 아침나절 복렬 언니가 펌프질해서 받아둔 차가운 물은 한낮의 햇볕을 받아 제법 미지근해진다. 발가벗고 그 안에 들어가면 세상 신이 난다. 온 마당에 물을 튀기며 놀고 난 후 엄마가 만들어주신 하얀 포플린 원피스를 셋이 똑같이 입고 돌아다닌다. 여름날의 낮은 길고 밤하늘의 별은 상쾌하다.

가을

한옥집의 백미는 가을이다. 감이 익어가는 계절. 내 기억 속의 아빠는 언제나 지붕 위에 있다. 지붕 위로 뻗친 감나무 가지에서 감을 따 던져주시면 우리는 이리저리 그걸 받아보겠다고 뛰어다닌다. 그렇게 딴 감이 들통마다 가득이다. 그들 중 일부는 곶감이 되어 대청마루 앞에 주렁주렁 매달린다. 할머니가 먹지 말라고 해도 까치발을 하고 하나씩 몰래몰래 빼먹는다. 추석이 지나면 산지기 아저씨가 밤을 가마니로 가져오셨다. 쪄먹고 구워먹고 황토 항아리에 저장도 한다. 봄부터 붉다는 뒷마당의 단풍나무도 가을에 비로소 절정의 아름다움을 보여준다. 늦가을 낙엽을 태우는 냄새와 함께 한옥집의 가을은 저문다.

겨울

한옥집의 겨울은 고요하고도 따뜻하다. 아궁이에 불이 활활 타오르고, 아랫목은 뜨끈뜨끈해지고, 방 안에서는 똑순이의 캐롤송이 울려 퍼진다. 유치원에서의 행사 준비와 크리스마스, 설날을 앞둔 설렘으로 곳곳에 들뜸이 번진다. 동네 아이들이 놀러와 눈싸움을 하고 만들다 만 눈사람이 여기저기 쓸쓸하다.

장독대 위에 흰 눈이 쌓인다. 그래도 식사 때마다 파묻은 장독 뚜껑을 열고 잘 익은 김장 김치와 동치미 국물을 꺼내 와 밥상 위에 얹는다. 엿을 고고, 땅콩강정을 만들고, 과줄도 튀긴다. 가을에 쟁여놓은 감도 깊은 겨울밤 꺼내 먹는다. "우리들은 할머니 곁에 호호 밤을 구워 먹으며 먼먼 옛날 얘기 듣지요." 노래를 부르며 알밤을 구워 먹는다.

한옥집의 겨울은 맛있다. 고요하다. 고즈넉하다. 나무 가지 가지마다 흰 눈이 맺힌다.

어디선가 나를 기다리고 있을 것 같은
할머니의 식초병

숨바꼭질 놀이와 조왕님 이야기 。

한옥집에서 할 수 있는 놀이는 무궁무진하다. 날이 맑으면 맑은 대로, 비가 오면 비가 오는 대로, 눈이 오면 눈이 오는 대로, 한옥집 자체가 이미 놀이의 장이다. 그 집에서 어린 시절의 아빠와 고모들도, 사촌누이들도 그토록 뛰어다니고 놀았을 것이고, 우리 자매와 이웃 아이들과 사촌들도 마음껏 모험과 놀이의 세계를 탐닉했다. 담을 타고 나무를 오르내리고, 지붕을 들락거리고, 눈싸움을 하고, 얼음땡과 고무줄을 하고 놀았다.
허나 한옥집 최고의 놀이는 단연 '숨바꼭질'임에 틀림없다. 그렇지 않겠는가. 곳곳에 숨을 곳이 천지인데! 다만 술래만 죽어

날 뿐.

그냥 숨바꼭질을 했다가는 아무도 찾지 못하고 한나절이 다 가버린다. 그렇기에 우리는 보통 제한을 두고 시작을 한다. 'ㄷ'자형 집의 모퉁이에 있는 기둥 하나를 '집'으로 정하고 그곳을 기준으로 한쪽만 숨을 수 있다고 하거나, 방 안에서만 하거나 하는 등이다. 그렇게 조건을 단다 해도 숨을 곳은 천지사방이고, 술래는 역시 극한 직업이다.

부엌 안팎으로 광만 세 개에 부엌의 구조 자체도 신기해서 요리조리 숨을 곳이 많았다. 별채 뒤쪽부터 정원 나무 사이사이, 장독대 근처는 또 숨바꼭질에 명당자리다.

부엌 뒤꼍에 젓갈 보관하는 광도 숨기에 제대로 좋은 장소였지만, 할머니는 "항아리 엎어지면 젓갈 한독 해먹는 줄 알아라!"라며 절대 들어가지 말라 하셨다. 항아리 옆에는 연탄도 가득 쌓여 있었는데, 언젠가는 그곳에 잘못 숨었다가 쌓아놨던 연탄을 뒤집어쓰고 시컴쟁이가 되었던 개구쟁이 남자아이도 있었다. 그렇게 할머니가 들어가지 말라고 하신 데는 다 이유가 있었던 것이다.

부엌은 역시 숨바꼭질 하기에 참 재미난 장소다. 높낮이가 다양한 옛 부엌의 구조는 우리들이 오르락내리락 하기에 매력적이었다. 부엌문으로 들어서면 왼쪽으로 널따랗고 반질반질한 마루가 있고, 그 끝으로 낮은 찬장과 '살강'이라고 하는 높은 찬장이 있었다. 그 마루에 앉아서 뭔가를 다지고 찧고 삶고 하는 어른들을 돕거나 혹은 방해하며 왔다갔다하는 게 나에겐 늘 재미있는 일이었다. 화덕과 전기곤로도 있어서 밥이나 국을 가마솥 대신 거기서 할 때도 많았다.

잔칫날이면 광에서 맷돌과 커다란 도마를 꺼내 부엌 마루에서 일을 했다. 한옥집 이후로는 구경조차 해본 적 없는 정말 길고 긴 도마였다. 아기 하나가 족히 누워도 될 만한 '도대체 저런 도마를 어디서 만들어 왔을까?' 싶은. 그때는 세상 모든 집에 다 그런 도마가 있는 줄 알았다. 그 엄청나게 기다란 도마는 잔칫날에 주로 쓰였는데, 여인네 몇 명이 그 주변으로 앉아서 갈비 몇 짝을 자르고 다듬어대곤 했다. 그렇게 해서 석쇠에 살짝씩 구워낸 후 다시 찜을 하는 '갈비구이찜'의 맛이란, 그야말로 둘이 먹다 하나 죽어도 모를 맛이라고들 했다.

부엌에 들어가서 오른쪽으로는 아궁이 세 개와 부뚜막에 가마솥 세 개, 큰 솥 두 개와 작은 솥이 하나 있었고, 그 양쪽 끝으로 돌절구와 나무절구가 놓여 있었다. 큰 절구통엔 메주콩을 삶아 적당히 빻았고, 작은 절구엔 주로 찹쌀을 쪄서 인절미나 찹쌀 경단, 팥, 콩고물, 밤, 대추를 다진 오색경단 등을 만들 때

쓰곤 했다. 엄마가 할머니께 배워 만들어주시던, 밤을 쪄서 다져 꿀을 넣어 만든 다식은 최고의 별미였다.

나는 부뚜막 뒤에 숨어 있기를 좋아했는데, 할머니에게 들키면 아주 큰일이 날 일이었다. 왜냐면 부뚜막 뒤 벽 앞에는 식초병이 하나 놓여 있었는데, 할머니가 '조왕님'이라고 하며 애지중지하던 것이었기 때문이다.

조왕님 식초병이라니! 주둥이가 길고 입구가 좁은 술병같이 생긴 식초병은 언제나 그 자리에 그대로 있었는데, 자리를 옮기거나 하면 할머니에게 혼쭐이 났다. 당시 할머니는 이미 기독교로 개종하고 교회를 열심히 다니던 분이셨지만, 집안 곳곳에 내려온 무속신앙의 전통은 또 전통대로 따르고 계셨다.

집 안 곳곳의 물건들 위치를 바꾸거나 하면 복이 달아난다고 좋아하지 않으셨고, 또 다른 신들은 모르겠지만 '조왕신'만큼은 '우리 조왕님 조왕님' 하면서 극진히 대접(?)하셨다. 뭐 새벽에 정화수를 떠놓는다거나 하진 않으셨지만, 식초병 간수 하나만큼은 각별했다. 항상 깨끗한 천으로 닦아서 맨질맨질하게 해놓으셨고, 그 안에 담긴 식초가 떨어지지 않도록 옆에 막걸리 병을 놔두고 가끔씩 식초병에 부어서 그 양과 맛을 조절하셨다.

할머니의 시어머니 때부터 내려온 식초라고 했다. 이 식초 자체가 약이 된다며 위가 안 좋으신 할머니는 식초물을 타서 마시기도 하고, 식구들이 다치거나 종기가 나면 상처에 발라주기도 하셨다. 또한 필요할 때마다 따르지 않고 며칠에 한 번씩 조금씩 따라 사용했는데, 따를 때도 안에 있는 내용물이 흔들릴까 조심조심 따라야 했다.

세상 깔끔하고 살림에 능했던 나의 할머니보다도 몇 수 위셨다던 할머니의 시어머니. 담뱃대를 땅땅 두드리며 며느리와 아랫사람들을 호령했다는, 서슬이 시퍼랬다는 그분, 나의 증조할머니. 그 밑에서 살림을 배우시고, 입의 혀처럼 싹싹하게 하셨다는 나의 할머니는 시어머니께서 물려주신 '조왕님 식초병'을 어쩌면 안살림을 물려받은 자의 '상징'처럼 여기셨는지도 모를 일이다. 시어머니 때부터 단 한 번도 떨어지지 않았다는 그 '씨 식초'가 떨어지는 순간, 당신의 자손에게 나쁜 일이 생길지도 모른다고 두려워하는 어머니의 마음이자 시어머니의 유지를 받들어야 한다는 아랫사람으로서의 책임감이었는지도.

나는 '조왕님'을 항상 '조앙님'으로 들었는데 정말이지 무슨 알라딘에 나오는 램프의 요정 '지니'쯤 되는 줄 알았다. 헝겊으로 막혀 있던 그 뚜껑을 열고 소원을 빌어볼까, 식초를 다 쏟으면 무슨 일이 벌어질까 궁금해하곤 했다. 겁이 나서 정작 단 한 번도 제대로 건드려본 적은 없지만, 실제로 그 안에서 '조앙님'이라는 정령 같은 존재라도 나오면 놀라서 기절할지도 모른다고 생각했다.

나중에 커서야 알았다. '조왕신'이라는 우리나라의 전통 무속신이 있다는 것을. 부엌의 신이자 음식의 신, 불의 신이라고 하는 조왕신. 부엌을 맡은 신이라면 여인네들에게 그보다 더 중요한 신이 어디 있었겠는가. 부엌은 곧 집안의 중심이고, 여인네들의 손끝에서 나오는 모든 것들이 만들어지는 삶의 근간인 것을.

그럼에도 불구하고 나는 숨바꼭질을 할 때마다 '조앙님' 뒤편 부뚜막 위에 숨어 있기를 잘했다. 할머니에게 들킬까 혹은 조왕님이 쏟아질까 무섭기도 했지만, 두근두근한 두려움과 신비함과 호기심이 겹친 알 수 없는 마음이었다.

조왕님이 지켜주시던 우리 집 부엌은 다행히도 늘 따뜻한 온기와 찬장 가득 먹을 것이 넘치던 곳이었다. 나는 가끔 궁금하다. 우리가 한옥집을 떠난 후, 장독대도 깨져나간 후, 조왕님의 식초병은 어디로 갔을까? 할머니는 그 병을 언제까지 지니고 계셨을까? 할머니가 돌아가셨을 때, 그리고 할머니의 유품을 정리할 때 누구도 '조왕님 식초병'에 대해서 이야기하지 않았다. 그 병이 있다면 나는 당장이라도 가져와서 전혀 어울리지도 않는 이곳 미국의 우리 집 싱크대 가운데 자리에 모셔놓고 싶다. 조왕신이든 조왕님이든 램프의 요정 지니든 산신령님이든 간에 나는 그 안에 사는 그 어떤 신을 모셔오고 싶다. 그 마음과 정신을 지키고 싶다. 나의 증조할머니 때부터 내려왔다는 맛도 좋고 병도 고쳐준다는 식초 하나로 식구들의 건강과 무병장수를 기원하고, 돌아가신 웃어른인 시어머니를 생각하고, 그 뜻을 따르려던 나의 할머님의 마음을, 그 조왕님 식초병 안에 담아 오래도록 두고 보고 싶다. 오래도록 기리고 싶다.

지금도 어느 골동품 가게에서든 어느 방물장수 할머니의 짐 보따리 안에서든 그때 그 조왕님 식초병이 어디에선가 나를 기다리고 있을 것만 같다. 식초병은 사라졌지만 영원히 사라지지 않을 할머니의 마음과 함께 말이다.

상실은 그리움으로,
소멸은 추억으로

남새밭과 벽돌집 。

사랑채 옆에 있는 작은 문을 통과하면 밝은 햇살 아래 너른 땅이 펼쳐지고, 사랑스럽고 풍성한 갖가지 푸성귀와 야채, 열매들이 주렁주렁 열려 있다. 한옥집 남새밭이었다. 작은 문은 집과 밭을 연결하는 통로이자, 삶의 공간과 수확의 공간을 이어주는 끈 같은 것이었다. 자그마한 할머니조차 허리를 구부리고 들어가셔야 했던 좁고 작은 문.

밥을 먹다가 유난히 장이 맛있어 쌈채소가 떨어진다.

"쌈이 더 있어야겠네."

누군가의 한 마디가 들리면, 그 어느 어른이 일어나기도 전에 나는 벌떡 자리에서 일어나 남새밭으로 달려간다.

"내가 갈래. 내가 고추랑 깻잎이랑 따올 거야."

꼬맹이가 간다 해도 누군가 어른 한 명이 꼭 슬그머니 일어나 뒤를 따른다. 문을 열고 들어가 상추도 열두어 개, 깻잎도 몇 개, 고추도 대여섯 개. 무심하게 뜯어 바구니에 담아와 펌프 물에 몇 번 후두둑 씻어 다시 밥상에 올린다. 장독대에서 꺼낸 장을 찍어 막 뜯어낸 고추를 한 입 베어 물면

"앗, 매워!"

머리를 핑 돌게 하는 매운 맛에 기겁을 하면서도 완벽한 조화를 이룬 황홀한 그 맛을 포기하지 못한다. 갓 뜯어낸 푸성귀에 할머니의 장을 찍어 입 안 가득 욱여넣는 그 맛은 자연의 맛이며 남새밭 따스한 볕의 맛이다.

남새밭의 역사는 한옥집과 함께 시작되었는데, 아빠와 고모들이 어릴 적엔 훨씬 더 넓었다고 한다. 대한감리회에서 어린이 사회관을 만드느라 그 땅을 상당 부분 사용했다고 하니 그럴 만하다. 그리고 담이 맞닿아 있던 그 사회관을 우리 셋 모두 졸업했다.

그 옛적, 나의 고모들 중에서도 제일 활달하고 유난했던 둘째 고모는 언니들을 따라 남새밭 사이를 거니는 것을 그렇게 좋

아했다. 야채밭 이랑이랑 사이를 지나다니는 것은 마치 숲속을 거니는 듯했다고 고모는 회상한다. 특히나 키가 큰 옥수수밭은 산속에라도 들어온 것처럼 하늘에 그늘을 드리워 꼬마 고모가 바구니를 들고 그 사이를 다니면 옥수수들의 서걱거리는 소리와 함께 즐거운 상상이 시작되었다.

고모는 어릴 때부터 토마토를 아주 좋아했는데, 남새밭의 토마토 나무는 얼마나 실하게 자라는지 요즘같이 약을 치지 않아도 땅의 거름으로 크고 건강한 열매들을 내곤 했다. 하루는 고모 혼자서 밭을 거니는데, 빨갛고 탐스럽게 익은 토마토가 너무도 먹고 싶었다. 하나 따서 먹으려 했지만, 천연 거름으로 기른 그 토마토가 얼마나 크고 실했던지 어린 꼬마가 도저히 따낼 수가 없었다. 그럼에도 그 먹고 싶은 마음을 참을 수가 없었던 고모는 가지에 매달린 토마토를 한 입씩 갉아 먹었다. 그리고 다음 날 우연히 어른들이 모여 앉아 하시는 말씀을 들었다.

"어이구, 요즘은 쥐가 얼마나 극성인지 나무에 매달린 토마토까지 갉아먹었더라니까."

고모는 혼날까 무서워 가만히 있다가 나중에 다 커서야 고백을 했단다. 그 일화는 두고두고 전해져 나는 여전히 크고 실한 토마토를 볼 때마다 고모가 갉아먹었을 그 토마토를 생각하곤 한다. 여섯 살 꼬마 여자아이가 토마토 나무에 바짝 매달려 자기 머리만 한 토마토를 깎아먹고 있는 모습이라니. 지금도 그 장면을 떠올리면 웃음이 절로 난다.

한번은 그 밭에 한 소년이 숨어들어 복숭아를 한 개 따먹다가 잡혔다. 일하는 사람에게 붙들려온 소년에게 할아버지는 되레 잘 익은 복숭아 한 바구니를 들려 집으로 보내셨다.

그 일은 훗날 복숭아를 훔치던 소년의 아버지가 공주 어느 고등학교의 교장 선생님이 되신 후 교사였던 우리 엄마를 개인적으로 만나셨을 때 해주신 이야기라 한다. 할아버지의 인품에 감동하셨다고 하시며. 엄마도 까맣게 몰랐던 이야기였는데, 이미 할아버지가 돌아가신 지 한참 후 인연을 돌고 돌아 듣는 일화는 엄마의 코끝을 찡하게 했다.

남새밭은 비단 한옥집 식구에게뿐 아니라 그 집을 드나드는 누구에게나 열려 있었다.

"할머니, 저 옥수수 몇 개 가져가유."

"할머니, 된장 끓이게 호박 좀 몇 개 따 가게유."

그렇게 말하면 그뿐. 어디 한번 박하게 안 된다 내모는 법이 없었다. 뒷간의 똥이 거름이 되고, 그 거름이 야채들을 키우고, 야채가 커서 동네 사람들과 한옥집 식구들을 먹이는 영양이 되고, 그들을 이어주는 사랑의 씨앗이 되어 그렇게 골목 가득 초록색 푸성귀향이 퍼졌다.

내가 초등학교에 입학할 때 즈음이던가. 남새밭이 헐렸다. 왜 헐렸는지 어떻게 헐리게 되었는지도 몰랐지만, 새로운 세계로 통하던 작은 문은 사라졌고, 높고 단단한 시멘트벽이 낮은 흙벽을 대신했다. 할머니의 옥수수와 깻잎, 고추와 호박, 부추와 상추, 도라지와 토마토가 가득하던 밭에는 벽돌집이 한 층씩 올라가기 시작했다.

언제나 동경하던 붉은색 벽돌집이었다. 2층에는 작은 창문이 나 있어 마치 동화책의 저택 같았는데도 나는 그 집이 싫었다. 광목천 행주치마에 바구니를 끼고 소중한 먹거리들이 익었나 안 익었나 밭을 살피시던 할머니의 모습을 더 이상 볼 수 없다는 게 싫었고, 밥 먹다가 나가서 얼른 뜯어올 수 있는 푸성귀가 없다는 게 싫었다. 가끔씩 구수한 거름 냄새에 코를 막고 밭 사이사이를 뛰어가던 일이 사라지는 게 싫었고, 우리 집 밭에서만 먹을 수 있는 머리까지 멍해지는 맛있는 매운 고추를 먹을 수 없다는 게 싫었다. 해마다 피던 보라색 하얀색의 도라지 꽃밭이 사라졌다는 게 싫었다.

볕이 잘 들던 남새밭을 꽉 채워버린 이층 벽돌집은 낯설고도 무서웠다. 한옥집만 한 크기였던 남새밭에 가득 쏟아지던 볕은 사라지고, 대신 벽돌집의 어두운 그늘이 우리를 삼켜버릴 듯 짙게 다가왔다.

그 집의 아이들은 종종 2층 창을 통해 우리들을 바라보았다. 담을 공유하고 있었지만 우리는 한 번도 말을 섞은 적이 없었고, 한 번도 같이 놀아본 적이 없었다. 문은 사라졌다. 이쪽의 공간과 저쪽의 공간을 이어주던 작은 문이 사라졌기 때문에 우리는 절대 그 공간과 어느 것도 공유할 수가 없었다. 같은 시간 안에 존재한다 하더라도 다른 차원의 세계였고, 그 세계에 접근조차 하려 하지 않았다.

그렇게 그저 우리는 한옥집의 세계에서, 그들은 벽돌집의 세계에서 서로를 바라보았다. 서로를 구경했다. 한번쯤 서로 말을 걸고 친구가 되고 싶어 했을 법도 하건만, 단 한 번도 그런 적이 없었다. 마치 계약서에 그런 조항을 처음부터 집어넣은 것처럼 우리는 서로를 구경만 했을 뿐 다가가지 않았다. 어쩔 수 없었다. 문이 닫혔으니까. 오갈 수 있는 세계가 닫혀버렸으니까.

바로 담을 공유하고 있는 그 집을 가려면 우습게도 멀리멀리 돌아가야 했다. 골목 끝까지 나가서 왼쪽으로 걸어간 후 건물을 끼고 다시 돌아 한참을 가야 그 집이 있었다. 그러나 그런 이유와 상관없이 우리는 절대 그 집 아이들과 놀지 않았다. 그들이 위에서 우리를 바라보고, 우리는 아래에 있었기 때문은 아니었다. 그들은 신식 벽돌집에 살고, 우리는 옛 한옥집에 살기 때문도 아니었다.

동경했던 이층집의 창문은 이상하게도 낯설고 멀었고 답답했고 어두웠기에 나는 그들을 부러워하지도 올라가 보고 싶어 하지도 않았다. 그러나 작은언니의 말에 의하면 그 집에 살던 소녀는 훗날 언니와 같은 고등학교에 다녔고, 아주 공부를 잘해서 서울대학교에 진학했다고 했다. 비록 내 맘에는 들지 않았을지언정, 남새밭의 푸성귀들을 그토록 잘 자라게 하던 하늘과 땅의 기운은 그 집의 아이들에게도 좋은 영양과 심성을 심어주었을 것이라 나는 믿는다.

후에야 안 사실이지만, 엄마는 그 땅을 팔아서 종자돈을 만들고 싶어 하셨다. 밭을 가꾸기가 힘들었던지 할머니도 아빠도 크게 반대를 하지 않으셨고, 땅은 곧 팔렸다. 어른들도 다 각기의 사정이 있으셨겠지만, 갑자기 사라진 남새밭과 급작스레 높이 지어진 벽돌집은 나에겐 뭐라 표현할 수 없는 어린 시절의 쓸쓸한 슬픔이었다.

지금 돌아보면 그것은 밭을 팔고, 아파트로 이사를 가고, 후에 한옥집도 완전히 남에게 넘기고, 장독대가 깨져나가던 과정의 첫 시작이었다. 사라짐과 이별이야 우리네 삶에서 당연한 이치이고 순리일 것이다. 그러나 그동안 당연하게 누려왔던 하늘과 땅과 자연의 혜택이 남새밭과 함께, 한옥집과 함께 그렇게 내 인생에서도 하나씩 사라져갔다고 생각하면 쓸쓸해진다. 그때는 부모님의 처사였기에 당연스레 여겼던 과정들. 사라짐과 상실, 소멸의 과정은 무언가를 해결하지 않은 채 멀리 떠나온 사람처럼 내 마음에 알 수 없는 슬픔을 남겨놓았다.

그러나 이렇게 하나하나 글을 쓰고 그 시절을 반추하며 나는 깨닫는다. 짧은 어린 시절, 그 땅이 주었던 충만함과 행복으로 인하여 상실은 슬픔이 아닌 그리움으로 남았음을. 소멸은 아픔이 아닌 추억으로 존재하게 되었음을 말이다.

따스한 봄날의
생일잔치를

생일잔치 vs 생일파티 。

내가 기억하는 어릴 적 공주, 특히 내가 다니던 초등학교의 분위기는 그 교육열이나 생활수준, 부모들의 열정이 결코 서울에 못지않았다. 학교에서 운동회나 발표회가 있으면 요즘도 보기 힘들 정도로 화려하고 예쁜 드레스와 무대복이 준비되었고, 더 좋은 역할 더 좋은 자리 더 화려한 옷들을 위한 아이들, 아니 부모들의 눈에 보이지 않는 경쟁이 시작되었다.

도시락 경쟁도 그중 하나였는데, 엄마 말씀으로는 내가 다니던 초등학교 급식실이 공사 때문에 잠시 문을 닫자 "공주 시장에 고급 먹거리가 동난다."라는 말이 돌 정도였다고 한다. 부

모님들이 서울이나 대전을 자주 왔다갔다하는 집 아이들의 도
시락은 정말 눈이 휘둥그레질 정도였는데, 생전 구경도 못한
조각 치즈나 호텔에서나 나옴직한 앙증맞은 작은 병에 담긴
잼, 바나나나 오렌지 같은 외국 과일들도 등장해서 보는 아이
들의 혼을 쏙 빼놨다. 부러워 죽을 지경이었다. 그러나 고급스
런 외국 분위기의 온갖 것들이 총출동되던 절정은 '생일파티'
였다.

우리 집에서는 세 자매 중 작은언니만 매년 생일잔치를 했다.
사라질 뻔한 아이였던 작은언니의 생일은 특별했다. 엄마는
매해 언니가 다시 살아나는 것같이 기쁘셨던 모양이다.

꽃피는 4월 한옥집에서는 작은언니의 생일잔치가 열렸다. 그
때의 생일잔치는 친구를 초대하면 동생들이 줄줄이 따라오는
게 당연했기에 열 명을 초대하면 막상 오는 아이들은 스무 명
이 훌쩍 넘곤 했다. 초대를 안 한 아이들도 으레 몇 명씩 와서
앉아 있었다. 그래도 또 누구 하나 왜 왔느냐 추궁하는 법 없이
그저 그러려니 했다. 그리하여 엄마와 할머니는 늘 초대 인원
보다 넉넉하게 음식을 준비하셨다.

잔치는 대청마루에서의 식사로 시작되었는데, 유명한 할머니
표 잔치국수와 부침개가 등장했다. 할머니의 손이 닿으면 뭐
든지 맛있었다. 큰 솥에 푹 우려낸 멸치 육수나 닭 육수에 갖가

지 고명을 얹은 잔치국수가 나가면 언니의 친구들, 특히 남자아이들은 숨도 안 쉬고 몇 그릇씩 먹어치웠다. 먹으면서도 "더 주세요!"를 외치던, 나도 한번 먹으면 두세 그릇씩 먹던 그토록 맛있는 국수였다. 공주 최고의 빵집 '칠성당'에서 사 온 하얀 버터크림 케이크로 생일 촛불을 끄고 한 조각씩 먹고 나면, 만족스러운 아이들은 "와!" 하고 우르르 달려 나가 마당에서 혹은 집 옆의 공터에서 신나게 놀기 시작한다.

우리 집에 왜 왔니 왜 왔니 왜 왔니
꽃 찾으러 왔단다 왔단다 왔단다
무슨 꽃을 찾으러 왔느냐 왔느냐
××이 꽃을 찾으러 왔단다 왔단다

목이 터져라 싸움을 하듯 놀이를 한다. '우리 집에 왜 왔니' 놀이를 하다 지겨워지면 동대문 놀이도 한다.

동동동대문을 열어라
남남남대문을 열어라
열두 시가 되면은 문을 닫는다.

그러다 심심하면 고무줄놀이도 하고, 땅따먹기도 하고, 목마놀이도 한다. 지치면 집에 들어와 과일과 시원한 식혜를 마시고, 또 한 차례 나무를 타며 타잔놀이를 한다. 그것은 따뜻한 봄날, 엄마와 할머니가 언니와 우리들에게 또 친구들에게 선사해준 최고의 생일잔치였다.

하지만 막상 우리가 부러워한 건 '그쪽 세계의 파티'였다. 상상도 하지 못할 세계였다. 내가 말하는 '그쪽 세계'란, 부모님 중 한 분이 서울이나 대전 그렇게 대도시에 자주 나가서, 소위 말하는 '팬시하고 세련된' 외국 문화를 많이 접한 가정의 세계였다. 앞에서 말한 고급 도시락의 아이들이다. 그런 집 아이들의 생일파티는 특별하고 세련돼 보였다.

우리 언니의 그날이 구수한 '생일잔치'였다면 그들의 생일은 말 그대로 근사한 '생일파티'였다. 서울에서 공수했음직한 화려한 드레스를 입고 나타나는 생일의 주인공은 우리 집 생일 당사자의 평상복과 비교할 수 없었고, 명랑만화나 소설 속에나 등장함직한 생일상의 음식들은 감탄과 경외심을 불러일으켰다. 바스락거리는 셀로판 종이가 붙은 막대에 마치 칵테일 안주처럼 메추리알과 체리와 열대과일을 꽂은 꼬치 애피타이저, 먹음직한 자태의 소시지와 베이컨, 초코 시럽을 듬뿍 탄 우유 등. 모든 게 멀고 먼 풍요의 나라 미국에서 왔을 것 같은 화사한 파티 음식들이었다. 포크와 스푼 하나도 우리 집처럼 그냥 상 위에 놓는 게 아니라 리본으로 장식을 해서 냅킨 위에 살포시 올려져 있던 그 자태라니! 여자아이 남자아이 할 것 없이 듣도 보도 못한 생일상에 정신을 못 차렸다. 모든 게 신기하고 꿈나라 같았고, 부럽기 그지없었다.

그런 날이면 한옥집이 지루해 보였다. 낡고 초라해 보였다. 통조림 체리 장식이나 초코 시럽이나 조각 치즈가 없는 세상이란 매력적이지 않았다. 대도시의 수입품 코너나 백화점에서나 살 수 있는 '서울'과 '미국'의 그것들이 가득한 생일파티가 부러웠다. 그 아이들은 집에서 매일매일 소시지와 베이컨과 치즈를 먹고 살 것 같았다.

"엄마, 개네 집은 왜 그렇게 신기한 게 많아?"

"엄마, 그 집은 왜 그렇게 예쁜 게 많아?"

"엄마, 나도 그렇게 생일파티 해주면 안 돼?"

그렇게 조르곤 했지만, 엄마는 "그런 거 아무것도 아니야. 평범한 게 제일 좋은 거야."라는 주의였던지라 우리 말을 대수롭지 않게 여기셨다. 그러나 그런 말이 우리 귀에 들어나 왔겠는가. 평범한 게 제일 좋다는 그 진리를 이해하기엔 그들의 도시락과 파티는 너무도 샤방거렸고 근사해 보였다.

시간이 지나고 또 아파트로 이사 간 후에는 아무래도 할머니가 계시지 않아서였는지 우리의 식생활도 많이 바뀌었다. 대전의 동양백화점이나 대전백화점에서 사 온 초콜릿 맛 시리얼이나 딸기 맛 요플레, 아빠의 서울 친구가 사다 주시던 화이트 초콜릿도 우리 집 냉장고에 종종 자리했다. 베이컨이며 치즈, 스파게티 등도 어디선가 등장했다.

서울로 이사 간 후에는 신기하기만 했던 패스트푸드점이나 피자집을 친구들과 돌아다니는 게 일상화되면서 어린 시절 동경의 생일파티에 대한 기억조차 없어졌다. 오히려 세월이 흐르며 내가 그리워하게 된 건, 이젠 맛보기 힘들어진 할머니의 잔치국수와 계란 노른자를 얹은 흰죽, 애기만 한 나무도마 위에 하얗게 밀가루 칠을 하고 만들어지던 쫄깃한 칼국수, 그 위에 얹은 삭힌 고추의 맛이었다.

상상의 동화 속에 등장할 것 같은 공주님의 생일파티와 도시락 반찬은 우리를 그토록 부러워하게 만들었지만, 그 파티의 아이들이 지금 그들의 파티를 추억하듯 나 또한 이제는 한옥집의 생일잔치를 추억한다. 언니와 오빠들 사이에 끼어 열심히도 놀았던 봄날의 생일잔치를 추억한다. 꽃잎을 따서 반지를 만들고, 토끼풀을 간지럽히며 '우리 집에 왜 왔니'를 목청 터지게 외치던 따스한 그날의 생일잔치를.

그때 그 이야기들은
황홀했었지

유년의 책 。

그 시절을 생각하면 떠오르는 많은 장면 중 하나가 집 안 어딘가에 처박혀서 책을 읽고 있는 내 모습이다. 대청마루, 마당 나무 위, 언니들과 함께 쓰던 방의 책장 앞 깊숙한 의자…. 엄마도 직장에 다니셔서 늘 바쁘셨고, 언니들이 학교에 간 동안 집에서 홀로 있는 시간이 많았던 나는 그때부터 참 많은 시간을 책과 함께 했다. 속옷만 입고 집 안을 어슬렁거리며 다니던 내 손에는 늘 여러 책이 들려 있었고, 글도 모르던 시절부터 그들은 나의 친구였다.

기억나는 최초의 책들은《브리태니커 어린이 백과사전》이다.

한글을 언제 깨우쳤는지 기억이 나진 않지만, 이 책은 글을 알기 전부터 사랑한 책이었다. 글씨를 몰라도 풍성한 그림과 사진으로 충분히 이해 가능한 이야기와 활동들이 많았기 때문이다. 동경하던 외국에 대한 다양한 내용이 많았던 그 책들은 온통 내 마음을 빼앗았다. 그중 기억에 남는 이야기는 종이로 이층집을 만들어 인형놀이를 하는 것과 우유를 만드는 과정을 만화로 표현한 것이었다.

금발머리 여자아이가 '우유가 먹고 싶다'고 하자, 아빠가 직접 아이를 데리고 농장에 가서 소젖을 짜게 하고, 그 우유를 공장에서 소독하고 팩에 넣어 포장까지 하는 과정을 두세 장에 걸쳐 표현한 만화였는데 너무 재미있었다. 병우유가 포장되는 과정도 재밌고, 금발머리 여자아이도 예쁘고, 우유가 그렇게 맛있어 보일 수가 없었다. 그러나 정작 나는 우유를 몹시 싫어했다. 그 당시 학교에서는 매일 우유를 하나씩 나누어주고 마시게 했는데, 억지로 마시다가 토해서 집에 온 일도 있었다. 아무튼 어느 외국의 농장을 배경으로 한 우유와 우유 공장의 이야기는 몹시도 이국적이고 낭만적이었다. 그 안에 나오는 우유라면 마실 수 있을 것 같았다. 지금 생각해보면 우리 정서와 당시 시대와는 동떨어진 이야기들이 많았다. 그러나 아예 다른 세계였기에 더욱 그 안에 빠져들었던 것 같기도 하다.

아, 또 글씨를 모르던 무렵 좋아하던 책이 있었는데 바로 엄마의 요리책이었다. 당연한 일이다. 글을 몰라도 아무 상관이 없는 책이니. 80권짜리 손바닥만 하던 요리책. 아니 120권쯤 되었던가. 온갖 요리가 다 담겨 있었던 그 책들을 하나하나 얼마나 열심히 보았는지 아마 엄마보다도 내가 더 많이 보고 외웠을 것이다. 워낙에 뭐든지 가리는 것 없이 잘 먹었고, 지금도 먹는 데는 어딜 가나 빠지지 않는 먹성을 자랑하는 나의 먹거리 관심은 그때부터 시작되었는지 모르겠다.

그중에서 내가 제일 좋아하던 책은 '빵 과자 케이크'라는 제목의 책이었는데, 보기에도 예쁜 각양각색의 쿠키와 빵들은 정말이지 매력적이었다. 그중에서도 '딸기 생크림 케이크'가 단연 최고였다. 삼단 케이크에 딸기로 장식된 그 케이크 사진은 지금도 그릴 수 있을 듯 선명하다. 엄마에게 매일 만들어달라고 조르고 졸라서 방학 때면 가끔씩 엄마가 비슷한 걸 만들어주시곤 했다. 그때 하도 요리책을 봐서 나는 나중에 크면 정말 요리와 베이킹을 잘할 줄 알았다. 하지만 어이없게도 나는 요리에는 영 재주가 없다. 그중에서도 계량이나 측정 등에 약해 베이킹은 특히 못한다는 사실. 책을 읽는다고 내면화는 될지언정 없는 손재주까지 만들지는 못한다는 것을 나는 일찍 깨달았다.

글을 읽기 시작하면서부터는 본격적인 독서 생활이 시작되었고, 파란색과 갈색의 계몽사 문고는 나의 가장 친한 친구가 되었다. 《소공녀》,《작은 아씨들》은 단연 가장 사랑하던 책이었고《아라비안 나이트》,《영국 이야기》,《독일 동화집》 등도 재미있었다. 으스스한 《한국 전래동화 이야기》도 꽤 좋아했다. 특히 식구들을 다 잡아먹은 막내 여동생 여우를 잡기 위해 색색깔의 호리병을 하나씩 던지던 이야기는 무서우면서도 어찌나 재미있던지. 공포 이야기를 좋아하던 건 역시 '전설의 고향'의 영향이다.

비 오던 날 처마 밑에 떨어지는 빗방울 소리를 들으며 어두운 책장 앞에서 불도 안 켜고 앉아 책에 폭 빠졌던 순간들, 내가 좋아하던 나무, 옆으로 길게 뻗어서 앉기 좋은 자리를 마련해주었던 마당의 나무 위에서 《작은 아씨들》을 읽던 순간들은 내 독서 인생 첫 날들의 소중한 경험이다. 《소공녀》의 군데군데 삽입된 그림들을 보면서 가본 적 없는 영국의 기숙사 학교를 꿈꾸기도 했고,《작은 아씨들》에서는 금발머리 막내 에이미(역시 금발머리를 동경했다)를 보며 '나도 막내니까 나는 에이미야. 에이미와 나는 공통점이 많아.'라고 생각했던 적도 있었다.

우리 집에는 정기적으로 계몽사 문고를 판매하는 아주머니가 드나들었는데, 그때마다 엄마가 또 무슨 책을 사줄까 기대했었다. 하지만 내가 갖고 싶었던 몇 세트의 책들은 끝까지 사주지 않으셨다. 첫 번째는 핑크와 하늘색 디즈니 문고 세트였다. 구피와 미키마우스, 미니마우스 등을 주인공으로 한 디즈니 그림책, 특히 세 마리 아기돼지의 집짓기 이야기를 좋아했다. 이 책은 '디즈니'에 대한 동경 때문인지 꼭 갖고 싶었지만 작은집에 있어서 거기 가면 읽으라고 하셨다. 추도식 때 작은집에 가기만 하면 책장이 있는 방부터 들어가 열댓 권씩 읽고 오곤 했다.

또 하나는 역시 《계몽사 세계의 명작》이었다. 얼마나 갖고 싶었던지! 《푸른 수염》, 《백설 공주》 등이 있는 이 이야기책은 그림이 환상적이었는데, 그 부드러운 실크 옷감의 느낌이 너무 예뻐서 책 내용보다 그림 때문에 몹시도 갖고 싶었다. 색색이 주름진 실크드레스의 커다란 리본, 부푼 소매와 광택 나는 빛깔은 내 상상 속의 드레스 그 자체였다. 그 책이 있는 친구 집 다락방에 가서 정신을 빼고 읽다가 촛불이 넘어져 불이 나서 헐레벌떡 도망나왔던 기억도 있다. 다행히 큰 불은 나지 않았지만.

나의 책 인생에서 빠뜨릴 수 없는 중요한 것이 있는데, 책이 아니라 '이야기 테이프'다. 언니들과 함께 쓰던 방에서 우리의 의식 중 하나는 잠들 때 이야기 테이프를 듣는 것이었다. 60개였던가, 테이프 전집 중 그날 들을 것을 골라 카세트에 넣고, 이불을 깔고 잘 준비를 다 하면 엄마가 틀어주고 나가셨다.

성우들의 맛깔 나는 목소리 연기와 노래가 나오는 테이프가 돌아가기 시작하면 깜깜한 방 안에서 꿈과 모험의 나래를 펴며 잠들었다. 가장 좋아하던 것은 '어린이여 날아라! 어린이여 모여라!' 뮤지컬 배우 윤복희의 목소리로 노래하던 '피터팬'이었다. 웬디와 피터와 함께 네버랜드를 향해 날아가던 이야기는 곧 내 어린 시절의 꿈속 모험이기도 하다.

또 하나의 강렬한 이야기는 제목은 기억나지 않지만 '풍뎅아 날아라! 풍뎅아 돌아라!'고 외치던 여자아이의 이야기다. 풍뎅이를 잡아서 괴롭히다가 나중에 벌을 받는 스토리였다. 풍뎅이가 어떤 벌레일까 참 궁금했고, 절대 벌레를 괴롭히면 안 되겠다고 다짐하기도 했다. 살생이 나빠서가 아니라 무서운 벌을 받으면 큰일이니까.

따뜻한 아랫목에 이불을 펴고 이야기를 들으며 언니들과 함께 잠들던 그 시간의 기억들. 별과 바람 소리와 이야기와 자매들이 함께 했던 그 시간은, 상상을 펴고 밤하늘을 날게 하고 꿈을 자라게 했다. 계절마다 다른 풍경이 펼쳐지던 그 집에서 나와 책과 이야기가 함께 하던 그 시간, 그 시절.

나는 이야기 속에 있었고 책 속엔 내가 있었다. 마당과 대청마루와 오래된 의자와 부엌의 아궁이 앞에도 나의 이야기가 있었고, 그 속에 나의 유년 시절이 있었다. 한옥집 뜨끈한 아랫목에서 나는 영국과 프랑스의 이야기를 읽으며 그곳으로 날아가고 싶었고, 들어본 적도 없는 실크드레스와 벨벳 모자라는 것들을 상상했고, 《소공녀 세라》의 인형 에밀리와 《아라비안 나이트》에 나오는 색색깔의 물고기와 날아다니는 양탄자를 머릿속으로 그렸다. 인도, 영국, 중국, 독일 같은 나라들을 꿈꿨고, '걸리버'와 함께 소인국 거인국으로 여행을 떠났다.

나의 상상은 한옥집 안에서, 그 안의 또 다른 세상 책 안에서, 섬세하고 풍요롭게, 아름답고 두근두근하게 인생의 첫 여정을 시작하고 있었다.

그 밤은
깊고 신비로웠다

한옥집의 밤 。

시골집에서 밤을 보낸 사람은 알 것이다. 시골집의 밤이 얼마나 깜깜한지. 얼마나 고요한지. 별은 얼마나 밝은지. 밤하늘은 얼마나 아름다운지. 여름밤의 모기가 얼마나 지독한지. 겨울밤이 얼마나 쨍하게 추운지. 아랫목 방구들은 얼마나 뜨끈한지. 그리고 그리고 그 밤에 얼마나 많은 꿈과 상상과 환상의 여지가 존재하는지. 도시의 불빛과 오락이 없는 시골집의 밤은 그토록 고요하고 조용하다. 그래서 방 안에 웅크린 사람들은 더 많이 이야기하고 놀고 방바닥을 파고든다.

밤은 깊고
이야기는 신비롭다.
꿈은 아름답고
때론 으스스하다.
신비의 이야기를 타고
밤새 멀리멀리 갈 수 있다.

나는 꽤 늦은 나이까지 엄마아빠 가운데에서 잠을 잤다. 오줌
싸배기여서 특별관리가 필요했다는 사실은 나중에 알았지만
모기장 안에서 엄마아빠와 함께 자던 시간은 각별했다. 게다
가 언니들은 모르는 비밀도 있었기에 더욱.
어느 날 한밤중 도대체 내가 어떻게 그때까지 깨어 있었는지
모를 어느 밤, 아빠가 나에게 말했다.
"수진아, 꼼장어 먹으러 갈래?"
곰장어가 뭔지 몰랐지만 느낌상 꼬들꼬들하고 쫄깃쫄깃할 것
같은 그 맛. 워낙 먹성이 좋았고, 세상 못 먹는 게 없었던 나는
무조건 고개를 끄덕이며 따라나섰다. 뭘 먹는지도 중요하지
만, 한밤중에 언니들은 떼어놓고 나만 엄마아빠를 따라나서다
니! 그보다 짜릿한 일이 어디 있겠는가! 어쩌면 백제문화제 같
은 행사 때였는지도 모르겠다. 평소에 없던 포장마차와 불빛

들이 밤새도록 즐비하던 밤이었다.

한밤중 포장마차는 근사했다. 파란색 천막 안의 세계는 어른스러웠고 훈훈했다. 엄마아빠의 소주잔 부딪히는 소리도 좋았다. 원래가 술을 즐기시는 엄마와 그에 비해 술을 못하시는 아빠지만 그 밤의 분위기에 소주 한두 잔은 누구에게도 좋았을 것이다. 기억나는 메뉴는 '닭똥집'과 '곰장어'. 소금 기름에 찍어먹는 구운 닭똥집은 새로운 맛이었고, 곰장어는 예상대로 꼬들거리는 게 먹을 만했다. 한밤중 포장마차 안에서 닭똥집과 곰장어를 먹는 어린아이라니.

그 일이 진짜였는지 꿈이었는지, 솔직히 잘 모르겠다. 어쩌면 진짜일 수도 어쩌면 꿈일 수도. 백제문화제 밤, 불빛이 가득하고 폭죽이 터지던 그 흥분된 날, 달밤의 꿈이었는지도.

그 후에 안방에서 언니들 방으로 옮겨가게 되었다. 언니들 방은 또 그 방대로 재미가 있었다. 낮은 서랍장이 있었는데 그 위에 베개와 이불을 얹어놓았다. 우리는 밤늦도록 그 위에 올라가서 뛰어내리는 놀이를 하며 놀곤 했다. 큰언니가 허락하면 베개싸움도 하고.

"메밀~~~묵! 찹쌀~~~~떡!"

소리가 들리면 창문에 고개를 내밀고 빼꼼히 내다보았다. 아저씨가 목청을 돋우며 지나가고 있었다.

놀이가 끝나면 셋이 요와 이불을 쪼르륵 깔아놓고, 정작 이불 속이 아닌 그 아래 따뜻한 방바닥으로 기어 들어간다. 잠들 때까지 이야기 테이프를 틀어놓고, 테이프가 끝도 없이 돌아가게 하며 잠을 청한다. 그렇게 불이 꺼지고 불빛 하나 없는 깜깜한 한옥집의 밤이 되면, 이야기 속 신비한 세계로 꿈과 함께 빠져 들어간다.

다정함과 무서움, 신비로움과 따뜻함이 함께 한 한옥집의 밤이었다. 낮에는 우리 자매들의 기쁨과 모험의 숲속이 되어주는 나뭇가지와 꽃가지로 가득한 정원은 밤이 되면 기괴한 나무 정령이 가득한 기묘한 공간으로 변화한다. 기이하지만 말할 수 없는 공포가 가득하여 가까이 하기엔 두려운 공간. 바람이 불고 나뭇가지가 꺾어지거나 기왓장 위로 풋감이 떨어지는 소리라도 들리면 그 어느 도깨비가 왔나 오싹하여 이불 속을 파고들게 하던 밤의 마당.

그 마당을 낀 옛 한옥의 방에서 우리는 무수한 밤들마다 새로운 세계로 날아갔다. 마치 웬디와 동생들이 피터팬을 따라 밤하늘을 날아 네버랜드로 가듯 우리도 환상으로 인도하는 작은 문을 지나 신비한 세계로 날아가곤 했다.

그리고 또 다른 특별한 밤.

그런 날은 엄마아빠가 언니들만 데리고 홍성 외갓집에 가시거나 서울에 볼일을 보러 가시는 날이었다. 아이를 셋 다 데리고 가기는 힘드니 제일 어린 나는 할머니와 함께 남겨지는 것이다. 나는 그런 밤을 좋아했다. 평소엔 할머니 방에서 잘 일이 거의 없는데, 그런 날이면 따끈따끈하고 안락하고 포근한 방에서 할머니와 함께 잠을 잘 수 있었다. 할머니가 씻겨주고, 같이 앉아서 저녁에 〈손자병법〉 같은 드라마를 본 후 석유난로에 구워 낸 흰 떡을 조청에 찍어먹고. 할머니가 깔아주신 두툼한 이불 속에 들어가서 할머니 손을 꼭 붙들고 자면 그 얼마나 따스한 밤인가!

식구들이 없어 더 고요한 밤이었다. 복렬 언니도 어딘가에서 늘어져라 뻗어 있을 것이었다. 할머니와 함께 있는 겨울밤은 따뜻했다. 그렇게 나는 스르르 잠이 들었다.

방이 너무 뜨거워서였을까. 무서운 꿈을 꾸었나. 새벽에 눈이 떠졌다. 옆자리에 할머니가 없었다. 덜컥 겁이 났다. 할머니는 어디 가셨을까? 뒷간에 가셨나? 요강이 여기 있는데…. 조금만 기다려보자.

10분쯤이 지나도 할머니는 오지 않으셨다. 무서우면 이불을 파고들어 더 자면 될 것을, 나는 엉금엉금 기어 나와 방문을 열고 마루로 나왔다.

"할머니~!"

아무리 불러도 할머니는 대답이 없었다.

"할머니이~~~! 할머니이~! 어딨어!"

부엌에 계신가. 그렇다고 가보기엔 밤에는 부엌도 무서웠다. 이 깜깜하고 어둡고 얼어붙은 밤에 도대체 할머니는 어디에 간 걸까? 눈물이 흘러내렸다. 콧물도 줄줄 나왔다. 내복만 입고 차가운 한옥집 마루에서 나는 그렇게 한참을 서서 울었다. 할머니를 찾으며.

도대체 무슨 일이 생긴 걸까? 할머니는 우리가 항상 이야기하던 그 신비한 통로로 사라져 버린 걸까? 엄마아빠도 언니들도 없는 이 밤을 틈타? 자그마한 우리 할머니만 통과할 수 있는 신비의 세계로? '이상한 나라의 폴'처럼 그렇게 어지럽고 무서운 세계로 가버린 걸까? 눈물은 끝도 없이 흘러내렸고, 상상은 상상을 몰아 점점 더 크고 두려워졌다. 얼굴은 차가워지고 발은 얼어붙어 갔지만, 방 안으로 들어갈 생각조차 하지 못했다. 저쪽 별채에서 자고 있을 복렬 언니도, 뒤채에서 잠들어 있을 화순 언니네도, 아무도 나의 처절한 울부짖음을 듣지 못하고 혹은 외면하고 자는 깜깜한 밤이었다. 그렇게 나의 눈물 콧물과 함께 날은 희뿌연히 밝아왔다.

얼마나 지났을까. 할머니는 새벽기도를 위해 교회에 다녀오신 길이었다. 할머니는 깜짝 놀라 날 달래주시고, 따뜻한 방 안에 데려가 앉히고 할머니표 흰죽도 끓여주셨다. 할머니가 새벽기도에 다니시는 걸 뻔히 알면서도 어쩜 그렇게 생각도 못했는지! 아니 한옥집의 깜깜한 시간은 그런 생각조차 마비시켜 버렸던 모양이다. 어쩌면 스스로의 상상에 발이 묶여버린 내가 나 자신을 가두어버렸는지도.

그 무섭던 밤. 아니, 그 황홀했던 밤. 한옥집의 밤이 나는 그립다. 뒷간 귀신이 살던 그 집. 나무의 정령들이 가득하던 마당이 있던 집. '손가락을 빨면 잡아가는 괴물'이 방 구석에 숨어 있던 집. 그토록 무섭고, 그토록 따뜻했던 그 집. 그 마당. 그 방. 그리고 그 밤. 한옥집의 밤.

한옥집 기와 위로
붉은 어스름이 내려앉고

한옥집의 잔칫날 。

오래전 아빠가 태어났을 때 한옥집에서는 일주일 동안 잔치가
열렸다. 그리고 큰언니 돌 때는 3일 동안 잔치를 했다. 아빠는
9년 만에 태어난 큰아들이었고, 언니는 그 아들의 큰딸이었으
니까. 아들을 기다리지 않고 성대한 돌잔치를 연 것이 다행이
었다. 그 뒤로도 아들은 태어나지 않았으니 말이다.
아무튼 한옥집 잔치의 풍성함과 정성스런 음식 대접에 대해서
는 누구도 이견이 없었다. 내가 어릴 때도 간혹 손님들이 몇십
명씩 오실 때가 있었다. 아빠 생신 때나 초등학교에 처음 입학
한 언니의 학교 선생님들 모두를 초대한 잔치라든가, 추도식

때 온 집안 식구들이 다 모이던 날 등등. 이삼십 명은 기본이고, 어떤 때는 사오십 명씩 집에 손님이 들어찰 때도 있었다.

그럴 때면 며칠 전부터 집 안 공기가 다르다. 잔칫집의 분위기는 조금씩 풍선처럼 부풀어 흥분과 분주함이 공기 중에 떠돌아다닌다. 잔치 준비는 부각튀김과 함께 시작된다. 기름에 튀기면 금방 하얗게 부풀어오르는 부각은 신기하기도 했지만, 설탕과 깨를 얹은 바삭바삭한 그 맛은 파는 것과는 비교할 수가 없다. 부각튀김과 함께 엄마는 엄마대로, 할머니는 할머니대로 각자 잔치를 구상하고 준비하느라 바쁘기 그지없다. 주로 엄마는 해산물과 신식 요리를 맡고, 할머니는 전통 음식을 맡으신다.

바다가 가까운 홍성에서 시집 온 엄마는 해산물을 워낙에 좋아했던지라 손님상에도 신선한 해물요리가 빠지지 않았다. 아빠는 냄새 난다고 해물을 별로 안 좋아하셨지만, 우리들은 엄마의 해물요리에 코를 빠뜨리고 먹었다. 엄마의 해물 열전은 다양해서 내장을 뺀 피조개 살, 성게와 성게알, 해삼과 굴, 해파리냉채까지 골고루였다. 미끄덩 미끄덩해서 어린애들은 싫어할 만도 하건만 나는 그 쫄깃한 식감까지도 미식가처럼 그리 즐겼다.

거기에 엄마의 주 요리 중 하나인 밀쌈구절판과 마른 구절판도 일품이었다. 가장자리에 쇠고기와 채 썰은 갖은 채소를 색 맞춰 담아내고 밀전병에 채소를 싸서 간장에 찍어먹는 밀쌈구절판. 그리고 가위로 화려하게 모양 내어 자른 오징어를 가운데 담은 마른 구절판은 보기만 해도 황홀해지는 요리였다. 마른 오징어 장식은 구름 모양, 잎새 모양, 용 모양 등 화려하기도 하지만 어른들이 씹어 드시기 좋게 만든 것이었다. 소나무 바늘잎 끝에 잣과 건포도를 꿰어 예닐곱 개씩 색실로 묶은 잣불은 먹기도 아까웠다. 엄마의 요리는 보기에 화려했고, 맘껏 솜씨를 자랑한 젊은 가정선생 새댁의 자신감과 치기가 드러났다.

할머니의 음식은 오래전부터 한옥집 잔치 때마다 등장하던 것들이었다. 할머니의 시어머니가 만드시고 전수해주시던 것들. 화려하진 않지만 누구도 쉽게 따라할 수 없으며, 시간이 오래 걸려서 정성과 깊은 맛이 절로 우러나는 음식들.

그중에서도 단연 '족편'과 '육포'는 증조할머니에게서 할머니로, 할머니에게서 작은고모에게로 전수되어 이어진 음식이다. 손이 많이 가고 까다로워서 가르쳐줘도 따라 하기도 힘들다는 족편과 육포. 할머니의 두 음식은 자유당 시절 공주 국회의원 누군가를 통해 궁중의 상궁에게 전해지고, 그걸 드신 방자 여사께서 극찬하셨다는 전설 같은 이야기가 내려온다. 당시 한국에 계시던 영친왕도 함께 할머니의 족편을 드셨다는 믿기 어려운 동화 같은 이야기. 사실이면 어떻고 아니면 어떠랴. 그런 자부심만으로도 할머니는 본인의 음식에 뿌듯하셨을 테고, 그에 들어가는 길고 긴 시간들이 아깝지 아니하셨을 테니.

할머니의 족편은 손님이 오시기 족히 닷새 전부터 준비에 들어가야 하는 대작업이다. 동네 고깃집에서 미리 좋은 소족과 뼈 스지 등을 부탁해둔 후 가져오면 한나절 핏물을 뺀다. 그렇게 핏물을 뺀 고기들을 소주 한 병과 함께 양은솥에 넣고 부르르 끓여 물을 버린다. 그러고 나면 부엌의 가마솥 세 개 중 가장 큰 솥에 물과 함께 넣고 종일 삶는 작업에 들어간다. 고기가 부들부들해지고 졸아들면 국물과 함께 차가운 곳에서 보관한다. 국물, 요즘 말로 콜라겐이 적당히 남아야 하기 때문에 불조절을 잘해서 마무리를 해야 하는데 이게 중요한 작업이다. 말랑말랑 쫄깃해진 족이 완전히 굳기 전에 석이버섯, 채친 계란 지단, 붉은 실고추를 얹어 다시 굳힌다. 이 마지막 과정 후에 비로소 초간장에 찍어먹는데, 그 맛이 가히 예술이다. 방자여사 아니라 입 까탈스런 어느 집 어르신의 입맛도 스르르 녹일 만한 맛이다. 족편을 찍어먹는 초간장도 '잣간장'이라고 창호지에 싼 잣을 조심스레 칼등으로 으깨어 식초와 간장을 넣어 만든다. 간장 하나 절대 허투루 내지 않는 할머니만의 의식이다.

가마솥에 삶아낸 고기는 유난히 더 맛있고 더 꼬득이는 족편으로 탄생된다. 그렇게 고기를 삶거나 사골을 끓일 때 외에는 큰 가마솥은 자주 쓰이지 않았다. 그러나 한번씩 추석이 되기 전에 풋콩을 끓여서 두부를 만들 때는 꼭 큰 가마솥에 했다. 노란 콩이 아닌 가을 풋콩으로 만드는 푸르스름한 두부는 색깔부터 향기롭고 고소해 추석 가족 잔치의 별미가 되었다. 아, 때로는 큰 호박과 강낭콩을 가마솥에 잔뜩 넣고 호박죽을 끓이거나 인절미를 만들기 위해 찹쌀밥을 할 때도 있었다. 호박죽이니 인절미니 한번 하고 나면 많은 이웃들과 나누어 먹는 풍성한 먹거리가 되었다.

잔치가 한번 끝나고 나면 체격 좋은 복렬 언니도 앓곤 했으니, 자그마한 엄마와 할머니는 얼마나 진이 빠지셨을지 짐작이 가고도 남을 일이다. 안방, 할머니방, 대청마루, 사랑방까지 꽉꽉 들어찬 손님들을 대접하느라 엄마 다리에 쥐가 날 정도였으니 말이다. 그러나 그런 것들을 알 턱이 없는 우리들에겐 그저 즐거운 날이었다. 어른들만 오는 잔치보다 친족들이 모이거나 손님들의 자녀들까지 북적이는 날에는 더욱 흥겹다.

열 살 즈음 아파트로 이사 간 후 나에겐 이런 잔치의 기억이 없다. 집이 좁아지고 큰 부엌과 가마솥도 없어져 손님을 한꺼번에 많이 대접할 엄두도 내지 못했겠지만, 그간 손님치레에 이골이 난 엄마로서는 다행스런 일이기도 했을 것이다. 왜 아니 그랬으랴. 직장생활까지 하며 그 많은 손님치레까지 어찌 다 감당했을지 그게 더 놀랄 일이다.

참으로 신기한 일이다. 집은 우리 가족의 삶의 방식, 생활 이야기, 대인관계의 형태를 결정했다. 한옥집에서 아파트로 이사를 했을 뿐인데 그 이후의 삶은 이전과 완전히 달라졌다. 돌아갈 수 없는 강을 건넌 것과 같이.

며칠씩 걸려 만들던 할머니의 정성스런 족편도, 엄마의 화려한 오징어 장식도, 곤로에 끓여 나가는 전골요리도, 가마솥의 뜨거운 열기도, 풋콩으로 만든 두부도 한옥집과 함께 사라졌다. 집 안 곳곳 들어차 있던 그 많은 손님들도, 엄마와 할머니의 요리를 입에 침이 마르게 칭찬하던 손님들의 이야기들도, 이 방 저 방 돌아다니며 인사도 하고 맛있는 음식을 집어먹던 우리들의 경쾌한 움직임도 그렇게 한옥집을 뒤로 하고 허공 중에 사라져버렸다.

대신 서너 명의 손님으로 족한 작은 모임들과 엄마가 만든 칵테일의 쨍그랑거리는 소리와 보다 간편한 음식들과 전기밥솥과 아담한 식탁이 그 자리를 차지했다. 그 자연스러운 수순은 세월의 흐름과 주거 공간의 변화에 맞춘 너무도 당연한 일일 것이다. 그러나 진하고 구수한 행복은 보다 오래 걸리고 보다 힘들었던 한옥집의 잔치에서 더 깊었으니, 불공평하고도 아쉬운 일이 아닐 수 없다.

지금도 나는 기억한다. 어둠이 몰려오던 그 어느 날 저녁, 한옥집 기와 위로 붉은 어스름이 내려앉고, 멀리 굽이굽이 언제나 나를 감싸던 산자락을 바라보던 그날. 손님들이 왁자지껄 웃고 떠드는 소리가 마당 한가운데로 모이던 그날.

해는 지고 날은 어둑어둑해지고 있었지만 집 안은 언제까지고 대낮 같았다. 음식을 내가고 들여오는 바쁜 손길과 분주한 발걸음이 가득했고, 경쾌한 이야기 소리들이 여기저기서 들렸다. 좀전에 할머니가 입에 쏙 넣어주고 바삐 가신 족편의 꼬들거리는 맛과 잣간장의 고소한 느낌이 아직도 입 안에 머물러 있었다.

어지러웠다. 마당을 빙글빙글 돌았다. 멀리 구산구곡 산들이 나와 함께 돌았다. 마루 위의 은은한 불빛과 어른들의 웃음소리와 가을 밤공기의 내음과 가마솥에 끓여낸 할머니의 손맛이 뒤섞여 그대로 내 안에 들어와 버렸다. 그리고 나는 '황홀'이란 느낌으로 그 순간을 기억한다.

공주에서
제일 좋은 집

한옥집 vs 양옥집 。

그 친구네 집에 놀러가고 싶었다. 집 안에 화장실도 있고, 신식 부엌도 있고, 이층침대도 있는 집. 심지어 푸른 잔디밭을 향한 통창으로 햇빛이 쏟아지던 집. 어느 날엔가는 친구에게 가서 말했다.

"우리 엄마가 나 너네 집 가서 놀아도 된대."

"어? 그… 그래."

그리 대답하던 친구의 황당한 표정이라니! 초대도 안 받았는데 얼마나 그 집에 가고 싶었으면!

내가 생각하던 '공주에서 제일 좋은 집'이 몇 집 있었다.

첫 번째는, 한옥집 옆 도립병원 관사에 살던 나의 소꿉친구네가 교동에 있는 아파트로 이사를 간 집이었다. 그냥 작은 아파트였지만 그 당시 귀한 아파트라는 존재가 특별했고, 거기에 친구 엄마가 어쩌나 인테리어 솜씨가 좋으셨는지 언제나 특별한 분위기가 있었다. 겨울이면 아줌마가 만들던 빨간색 초록색 벨벳과 플란넬 천의 아기자기한 각종 크리스마스 장식들은 가슴을 설레게 했다. 그 이후에 이사 간 아파트 금강빌라에서도 아줌마는 당시엔 구경도 못 하던 카펫을 깐 근사한 침대방을 아이들에게 꾸며주시는 등 감각 있는 인테리어 솜씨를 발휘하곤 하셨다.

그들이 사는 집은 언제나 내가 아는 제일 좋은 집이었다. 만화에서나 보던 카펫이 깔린 집이라니! 미국에 온 뒤로는 아주 카펫이 지긋지긋할 정도지만 말이다. 새 집으로 이사 갈 때는 기필코 마룻바닥이 깔린 집으로 가리라 결심을 하고 있는데.

다음으로 내가 대여섯 살쯤 되었을 때인가. 무녕왕릉 가는 길 금성동 부근 넓은 대지에 세련된 빌라 단지와 단독주택 두 채가 들어섰다. 빌라 단지에 살던 친구들이 몇 있어서 종종 놀러 갔던 곳. 그렇게 넓지는 않았지만 무려 2층에 아기자기한 서양식 구조, 벽돌로 만들어진 외관, 거기에 계단! 계단! 집 안에 계단이라니!

아, 물론 우리 집에도 높낮이가 다양한 돌과 댓돌과 툇마루와 마루들이 있어 종일 오르락내리락 했지만, 그건 집 안에 있는 계단하고는 다른 것이지 않은가! 빌라에 살던 한 친구 집 2층 방에는 그녀만의 침대와 만화책이 잔뜩 꽂힌 책장도 있었다. 외동딸이었으니까 당연히 방을 혼자 썼겠지만, 그게 어찌나 부러웠는지 모른다. 혼자 쓸 수 있는 2층 방에 포근한 침대를 어찌 부러워하지 않을 수 있었겠는가.

게다가 그 친구네 집에는 서양식 부엌이 있었는데, 그 부엌 안에는 심지어 오븐도 있었다. 오븐은 아궁이도 아니고 곤로도 아니고, 대체 무엇인지 신기하기 그지없었다. 엄마의 요리책에서 접했던 '오븐'이라는 것. 그 책에 잔뜩 나와 있던 딸기 생크림 케이크나 초코 케이크도 오븐으로 구울 때 제대로 맛이 날 것 같았다. 어느 토요일인가에는 그 친구네 집에 가서 초코 케이크를 만든다고 난리법석을 떨었다. 완성작이 어떠했는지 기억나지 않는 걸 보니 별로 시덥잖았던 것 같지만.

그리고 마지막으로 단독주택 두 채. 한 채는 작은고모네 집이었고, 다른 한 채는 우리들의 친구였던 세 딸들의 집이었다. 내가 받지도 않은 엄마의 허락을 빙자해 쳐들어가려 했던 바로 그 친구네 집이다. 그 집들은 진짜 서양식 정원, 넓고 푸른 잔디가 딸린 말 그대로 양옥집이었다.

지금 생각해도 부러움의 한숨이 날 정도로 좋은 집들이었다. 잔디밭과 고급스러운 단층주택, 미국 잡지에나 나올 것 같은 세련된 스타일. 역시 세련 그 자체였던 작은고모와 그 집은 정말 잘 어울렸다. 사촌오빠 두 명 역시 집에 어울리게 언제나 최첨단 컴퓨터와 게임기를 가지고 있었고, '패크맨'과 같이 재미있는 게임의 세계가 있다는 걸 처음 알게 한 것도 그 집이었다. 물론 나에겐 거의 순서가 돌아오지 않았지만.

할머니를 그대로 닮아 깔끔하기 그지없던 작은고모는 그 멋진 집을 언제나 아름답고 근사하게 꾸몄다. 그곳은 새.로.운. 세계였다. 사촌오빠들이 나와 나이 차이가 좀 나서 그 집에 별로 갈 일도 없었고, 가서 놀 일도 없다는 게 늘 슬펐다. 오빠와 나이가 같은 큰언니만 주구장창 가곤 했으니까.

이렇게 공주 시내에 새로 생겨난 세련된 아파트들과 다양한 양옥주택들이 즐비하게 시선을 사로잡던 때였다. 그런 시기였다. 그리고 그런 집들을 동경의 눈으로 바라보던 시절. 어느 날엔가 우리 집에 놀러온 학교 친구가 무심코 이런 말을 했다.

"너네 집 한옥집이었어? 알았으면 안 오는 건데."

그 말은 나에게 작은 상처가 되었다. 늘 양옥집의 친구들을 부러워하면서도 한편으론 나의 한옥집에 대해 언제나 가져왔던 자부심에 상처가 나는 순간이었다. 하지만 엄마아빠가 대수롭지 않게 "그 친구가 뭘 몰라도 너무 모르는데!" 하시기에 나도 "그래. 그 친구가 뭘 몰라도 너무 몰라! 한옥집이 얼마나 멋진 곳인데!" 하고 넘길 수 있었지만.

그러나 한편 이해도 간다. 그즈음에는 서양식, 미국식 것들에 대한 동경이 가득했다. 그러면서 우리 것은 구식, 촌스러움, 불편한 것으로 취급받기도 하던 때였다. 그에 따라 할아버지가 정성 들여 만든 집은 그 정신보다 서양식 양옥주택의 근사함에 밀려 낡은 것으로 치부되고 있었는지도 모른다. 어느새 반대의 각 축에 '한옥집'과 '양옥집'을 세워두고 있었는지도 모른다. '양옥집'은 좋고 세련되고 현대적인 것, '한옥집'은 낡고 부담스럽고 오래된 것. 그렇게 받아들여지던 때가 있었다.

그 당시 내 친구들과 우리 자매들은 모두 근사한 서양식 주택을 부러워했다. 하지만 늘 한옥집을 자랑스러워하셨던 부모님과 할머님의 자부심이 나도 모르게 나의 집을 자랑스러워하게 했다. 비록 잔디가 깔린 정원이 없고, 신발을 신지 않고도 갈 수 있는 화장실과 욕실은 없었지만, 근사한 서양식 싱크대와 오븐 대신 아궁이와 가마솥이 있었던 부엌이지만, 할아버지의 영혼과 메시지가 담긴 한옥집은 나의 정신에 장착된 나의 자긍심이자 자부심이었다.

○ ○ ○

만약에 우리 가족이 그 집에 계속 살면서 집을 가꾸고 단장하여 현대식의 편안함을 도입하며 집을 유지했다면, 아마 지금도 한옥집은 근사한 '공주에서 제일 아름다운 집', '제일 좋은 집'이 되어 있을지도 모르겠다. 시간과 역사와 사랑과 이야기를 간직한 집이 되어서 말이다. 우리의 이야기와 역사가 사라진 그 집. 다만 나는 그것이 슬프다.

제일 좋은 집이 뭐가 중하랴. 제일 좋은 집이 무엇이겠는가. 사랑하는 사람들이 함께 살고, 많은 이들이 그 집을 사랑하여 드나들고, 그리하여 집과 가족이 하나가 되어 이야기를 만들어가는 집. 그것이 제일 좋은 집이 아닐까. 그것이면 충분하지 않을까.

나는 오늘도 제일 좋은 집을 꿈꾼다. 만나 뵌 적 없는 나의 할아버지가 손수 지으셨고, 사랑하는 나의 할머니가 오랜 세월 지키셨으며, 나의 아빠와 그 남매들이 자랐고, 나와 나의 자매들이 어린 시절을 보낸 집. 그 집이 지금도 나에게 '공주에서, 아니 세상에서 제일 좋은 집'으로 기억되듯, 나와 나의 아이들 또한 어딘가의 집에서 우리만의, 그들만의 역사와 이야기를 만들어 제일 좋은 집을 만들어나가기를 나는 오늘도 꿈꾼다.

잃어버린
것들

깨어진 장독대 이야기 。

지금도 나는 어디선가 장독대 사진이나 그림을 보면 마음이 아득해진다. 따스한 햇살 아래 반질거리는 장독대 뚜껑을 열고 시간과 공간을 초월해 그 안으로, 장독대 안의 세계로 들어가 버릴 것만 같아진다. 《이상한 나라의 앨리스》의 나무 구멍처럼 그렇게 장독대 안을 통과하여 한옥집의 세계로 갈 수 있을 것만 같다. 햇살 가득하던 한옥집 뒤편. 크고 작은 장독대들 사이로 숨바꼭질을 하며 놀던 그 시절, 그 공간으로.

부엌 뒷문을 나가 뒤꼍으로 가면 장독대가 있었다. 장독 안에는 할머니가 직접 담그신 간장, 된장, 고추장, 몇십 년 된 씨간장 등의 장들이 가득하고, 작은 항아리들에는 무, 오이, 마늘 쫑, 깻잎 등으로 담근 장아찌들이 있었다. 햇볕에 장을 쪼여야 곰팡이가 안 낀다고 각별히 볕 좋은 날이면 뚜껑을 열어놓는 등 신주단지처럼 보관하던 집안 음식의 기본인 장들. (훗날 우리가 아파트로 간 뒤 엄마는 할머니가 예쁘고 작은 항아리에 건네주신 장들을 베란다에 보관했다. 하지만 어떻게 보관을 해도 결국엔 곰팡이가 끼고 말았다고 한다. 항아리의 장들은 아파트 베란다보다는 한옥집 뒤편 널찍한 장독대에서 평화롭게 지낼 때 그 맛과 품위를 유지할 수 있었던 모양이다.)

장독대에는 서른말들이 큰 항아리가 서너 개, 중항아리가 열댓 개, 맨 앞줄에는 작은 항아리들이 줄지어 있었다. 특히 큰항아리에는 바람결 무늬와 물결무늬, 구름이 피어오르는 무늬가 신비롭게 새겨져 있었는데, 가만히 귀를 대면 소용돌이치는 거대한 물결소리도 들리는 듯했다. 내 키보다도 더 큰 항아리를 살포시 감싸면 나도 바람과 물결과 구름에 휩싸여 어디론가 날아가 버릴 것만 같았다. 엄마를 졸라 깡충 엄마 팔에 안겨 그 안을 들여다보면, 거기에는 어린 나도 있고, 예쁜 엄마도 있고, 너른 하늘과 흘러가는 구름도 담겨 있었다.

초여름이 되면 장독대 옆으로 이별란이 피었다. 이별란, 이 꽃은 봄에 나온 이파리가 다 지고 난 후에야 꽃만 외롭게 피어서

'이별란'이라고 한다고 했다. 이 슬픈 이름의 꽃이 지면 데이지 꽃이 핀다. 그 흐드러진 꽃길을 엄마는 참으로 좋아하셨다.

그 꽃들 옆에는 커다란 앵두나무가 있었다. 키가 큰 앵두나무에는 여름이 되면 새콤달콤한 물앵두가 가득 열렸는데, 제대로 익기도 전부터 담 너머 공주사회관 아이들이 탐을 내기 시작했다. 우리 자매들도 모두 다녔던 어린이집 공주사회관. 낮은 담을 공유하고 있어 저쪽 사회관에서 그네를 타면 우리 집 대청마루에서 누워 있는 것도 다 보일 정도였다. 그러니 담 이편에서 익어가는 앵두가 얼마나 어린 아이들의 침샘을 자극했을까.

아직 채 익지도 않은 앵두가 사회관 아이들의 고사리 손에 잡히고 뜯기고, 나무를 향해 뛰어 오르다가 아이들이 다치기도 하고, 가지들이 부러지기도 하는 등 볼 빨간 아기같이 물오른 앵두를 향한 아이들의 집념은 옹골찼다. 끝까지 살아남은 잘 익은 앵두는 비로소 우리 자매들의 입 속으로 들어온다. 그 달콤한 여름 앵두의 맛이라니! 붉은 빛 투명하게 알알이 영글은 앵두는 지금까지도 한옥집의 여름을 대표하는 빛깔과 맛으로 내게 남아 있다.

앵두나무 옆으로는 작은 광이 있었다. 이 광에는 제철 생물로 담근 각종 젓갈과 게장이 보관된다. 한옥집에는 철 따라 해산물을 가득 싣고 오는 식료품 상인들이 드나들었다. 조개를 잔뜩 가져온 날에는 조개젓을 담가놓고, 조기를 가져온 날이면 조기젓을 담가놓고 갔다. 그저 항아리만 내밀면 된다. 꼴뚜기젓을 받은 날에는 복렬 언니가 고춧가루, 식초, 참기름을 넣고 꼬들꼬들하게 무치면 그 맛이 기가 막혔다. 오징어젓과 새우젓도 단골 젓갈이었다.

초겨울이면 노성 민물게장을 담가 광에 보관한다. 한옥집에서는 해마다 100마리가 넘는 민물 게로 게장을 담갔다. 살아 있는 게를 잔뜩 담은 항아리에 소고기를 잘게 잘라 넣고 이틀쯤 후 팔팔 끓인 간장을 달여 붓는다. 그렇게 세 차례 정도 반복한 후 밤, 대추, 마늘, 생강을 채처 배에 채워 넣은 게장은 열흘쯤 뒤부터 먹기 시작한다. 아, 물론 어른들만이다. 아이들은 디스토마에 걸린다나.

앵두나무 아래에는 땅속에 묻힌 항아리들이 있었다. 그 항아리들은 김장김치를 위한 특별한 저장고였다. 할머니는 쨍하고 날이 추워져야 가장 김치 맛이 좋다고 11월 말이나 12월 초에 김장을 담그셨다.

대청마루에 갖은 양념과 야채를 준비해놓고, 마당 한가운데에 있던 우물가에 배추 100포기 정도를 절여놓으면 김장이 시작된다. 다음 날 새벽부터 대추골 이씨 아줌마와 산지기 박씨 아줌마가 와서 거드신다. 배추김치, 보쌈김치, 백김치, 총각김치, 석박지, 파김치, 갓김치, 동치미 김치 등 여남은 가지의 김치들이 그득그득 항아리에 담겨지고, 위에 대나무 이파리로 덮어 보관하면 그해의 김장도 마무리가 된다.

나는 김장 날이 좋았다. 할머니 옆에서 "매워, 매워"를 연신 외치면서도 갖가지 김치들을 끝도 없이 먹어댔다. 부엌에서는 양은솥 하나 가득 동태탕이 보글보글 끓고, 수육도 삶아 뭉텅뭉텅 썬다. 김이 무럭무럭 나는 음식들과 그날 만든 김장김치는 최고의 조합이었다. 어른들은 힘이 드셨을 테지만, 내가 느끼던 김장날은 한옥집의 축제날이었다. 그렇게 노고 끝에 땅속에 보관된 김치는 여러 친척과 이웃들과 함께 나누는 든든한 겨울철 양식이 되었다.

때때로 부모님과 친구분들이 함께 늦게까지 모여 있던 밤에는 다들 '한옥집의 동치미와 민물게장' 이야기를 하며 침을 삼켰다. 아빠와 친구들은 할머니와 우리들이 모두 잠든 고요한 밤, 살그머니 뒤뜰에 가서 광 속의 게장과 김치를 잔뜩 꺼내어 가셨다. 어떤 때는 아빠가 "나는 안 들어갈 테니 알아서들 해." 하고 문만 열어주기도 하셨단다. 집 안에 양식 도둑이 숨어 있던 셈이다. 모두가 알고 모두가 눈감아 주는. 그렇게 자유롭고 재밌고 맛있는 세상이 있었을까.

땅에 묻힌 김치 항아리 옆에는 아주 작은 움막도 있었다. 움막 앞을 짚 뭉치로 막아놓았지만, 그걸 빼고 손을 깊이 넣으면 겨울을 위해 저장해둔 무와 배추가 가득했다. 겨울밤이 깊으면 하나씩 꺼내와서 어석어석 씹어 먹기도 하고, 그걸로 무국을 끓여먹기도 했다.

겨울이 다가오면 간식을 보관하는 광 속은 평소보다 더 풍성해졌다. 설탕도 포대로 들여졌고, 땅콩과자며 튀밥이며 할머니의 솜씨 좋은 먹거리가 차례차례 들어찼다. 갱엿과 과줄이 할머니 벽장 속에 자리했고, 팥을 넣은 찹쌀떡은 부엌문 옆에 매달려 적당히 얼면 밤에 몇 개씩 빼서 구워 먹었다. 먹을 게 수두룩한 풍성한 겨울밤이었다.

장독대, 젓갈을 보관한 광과 땅에 묻은 김치 항아리, 무와 배추를 위한 움막, 겨울 간식을 보관하는 벽장까지 한옥집의 음식 저장 방식은 다양하고도 풍성했다. 냉장고가 없던 시절이었지만 하나도 저장고가 부족하지 않았다. 오히려 그 맛은 오늘날 냉장고나 김치냉장고가 따라갈 수 없는 맛이었다. 자연이 철 따라 저절로 제공하는 햇살과 바람과 추위는 음식들이 각기 최고의 제 맛을 내도록 해주었다. 식구들에게 정성스런 한 끼를 먹이기 위해 할머니의 작은 발은 온종일 종종거리며 이 저장고들 사이를 바삐 움직이셨다.

시간이 흐르고 우리가 한옥집을 떠난 후 할머니도 곧 한옥집을 떠나 작은아빠와 함께 살게 되셨는데, 그때 이삿짐을 옮기며 장독대도 다 처분을 하셨다. 할머니가 시집오면서부터 사용하신 장독대. 식구들의 입맛 하나하나까지 신경 써서 늘 정갈한 음식을 진두지휘하시던 할머니의 솜씨. 그 기본이자 비결이었던 소중한 장이 1년 365일 풍성히 담겨 있던 장독대도 이제는 처분을 해야 했던 것이다.

작은 항아리들은 모두 주변에 나누어주고 골동품 상인이 와서 가져가기도 했지만, 어른 허리까지 오는 커다란 항아리는 어떻게 할 수가 없었다. 누구에게 줄 수도 가져갈 수도 없자 처치 곤란이 된 항아리. 일하러 온 일꾼에게 처분해달라고 하니 깨서 내놓으면 가져가겠다고 했다. 하는 수 없이 할머니가 망치를 들고 서른말들이 장독 세 개를 깨뜨리셨다. 그러고는 일꾼에게 잘 처리해달라며 웃돈까지 얹어주셨고, 깨진 항아리를 리어카에 싣고 가는 그 뒷모습을 오래오래 바라보셨다 한다.

이 이야기를 적는 것만으로도 내 가슴이 무너져내린다. 한옥집에 시집와 수십 년의 세월을 살아오신 할머니의 마음. 평생을 한옥집에서 식구들 먹일 것 입힐 것을 돌보고 그 큰 집안 살림을 꾸려오신 할머니의 삶. 어쩌면 항아리들 안에는 할머니의 가족에 대한 사랑과 한옥집에 대한 애정, 할머니 자신의 삶과 역사 모두가 들어 있지 않았을까. 그 항아리를 자신의 손으로 깨뜨리던 할머니의 마음은 어떠셨을까.

당시 어렸던 나는 이런 일련의 과정을 잘 몰랐고, 알았다 하더라고 깊이 생각지 못했을 것이다. 그러나 이렇게 세월이 흐른 지금 깊이깊이 생각한다. 할머니가 지키고자 했던 그 무엇과 그것을 지켜드리지 못했던 부모님의 마음을. 지킬 수 없었던 우리 모두의 슬픔과 아쉬움을. 나 역시 비록 지키진 못했지만 이 글로 지켜내고 싶다. 우리가 잃어버린 것들과 할머니가 지켜내고자 하신 것들을. 나는 이 글로 다시 살려내고 싶다.

깨어진 장독대와 따스한 햇살을 쪼여 찰기가 자르르 돌던 할머니의 장들의 사라진 생명을. 겨우내 먹을 것이 가득했던 따스한 한옥집의 겨울을. 그것들을 준비하며 행복해하셨을 할머니의 사랑과 정성을. 우리들의 잃어버린 장독대를.

내가
살았던 집

오랜 친구 。

한옥집을 떠난 후 참으로 많은 아파트에 살았다. 반짝이는 금
강변을 끼고 있던 금강빌라를 시작으로, 서울에 와서는 일일
이 기억해내야 할 정도의 꽤 많은 아파트에 살았다. 첫 아파트
였던 금강빌라와 가장 오래 살았던 서울 종로구 혜화동의 아
파트를 빼놓고는 다른 집은 잘 기억조차 나지 않는다.

한옥집에서 이사를 간 아파트 금강빌라에서는 즐거운 기억이
많다. 비록 한옥집처럼 너른 마당이 있지는 않았지만, 앞집 옆
집 윗집 아랫집 모두 다 친한 이웃들이었기에 날마다 이야기
가 풍성했다. 아파트 앞뒤로 아이들이 쏟아져 나와 해가 질 때

○ ○ ○

까지 놀았고, 이웃들은 허물없는 한 울타리 식구들이었다. 동수도 3개, 층수도 5층, 남의 집 숟가락 개수도 알 만한 작은 아파트 단지였다.

공주에 큰 물난리가 나서 금강대교 턱밑까지 물이 차 넘칠 지경이 되었던 어느 날, 한옥집에 가서 따끈한 할머니 방에 나른히 누워 뉴스를 보던 것도 나름의 낭만이었다. 한옥집을 별장처럼 이용하던 때였으니 아쉬울 것도 없었다.

내가 정말 한옥집을 그리워하기 시작한 것은 공주를 떠나면서부터였다. 서울의 아파트는 삭막했다. 높고 넓었다. 누가 사는지 알 수도 없었고 알고 싶지도 않았다. 그게 당연했으니 외로울 것도 서러울 것도 없었다. 내 집, 그리고 친구 집, 그렇게 알면 그뿐이었다. 오히려 빽빽한 고층 아파트는 서울에 살고 있다는 사실을 실감케 했고, 아무도 나를 알지 못한다는 편안함마저 있었다. 아파트 상가에는 맛있는 것도 많았고, 좋아하던 만화대여점도 있었다.

서울살이는 낯설지만 싫지 않았다. 학교생활 역시 낯설었지만 나름의 즐거움이 있었다. 대중성과 익명성 사이에서 나는 어느덧 색다른 만족감을 느꼈고 익숙해져 갔다. 과도한 관심과 연합보다는 혼자와 개인주의가 더 좋을 나이였다. 서울은 번

잡혔지만 나의 세계는 고요했고, 도시의 분위기는 정신없었지만 세련돼 보였다. 그렇게 내 기억 속에서 천천히, 한옥과 이웃과 이야기가 함께 하던 삶은 사라져 갔다. 아주 자연스레, 그리고 당연스레.

중학교 3학년의 어느 날, 학교 백일장 대회의 주제는 '내가 사랑하는 것들'이었다. 칠판에 쓰인 주제를 보고 앞에 놓인 하얀 원고지를 마주하는 순간, 갑자기 나도 모르게 눈에 눈물이 고였다. 그리고 정신없이 써 내려갔다. 내가 사랑했던 그 시절을. '창문 너머 어렴풋이 떠오르던 옛 생각'들을. 그때부터였을 것이다. 내 안의 그리움을 알게 된 것은.

서울에 와서 가장 오래 살았던 아파트는 종로구 혜화동에 있었다. 그곳에서 고등학교 시절과 대학 시절을 보냈고, 연애를 했고 결혼도 했다. 그래서 서울에서 살았던 집들 중 가장 정이 깊다. 결혼을 하고는 근무하던 정릉 학교 앞 아파트 18층이던가에 신혼집을 차렸다. 생각해보면 참 많은 아파트에 살았는데, 생김새는 다 비슷했다. 금강빌라처럼 강을 앞에 낀 정취 넘치는 아파트도 있었고, 신혼집처럼 산에 둘러싸인 풍광 좋은 곳도 있었지만, 내부는 다 비슷비슷했다. 점점 더 수납이 좋아졌고 주방 기능은 편리해졌지만, 어쨌거나 비슷비슷했다.

집 안에 화장실이 있고 주방이 있다는 건 엄청난 혜택이다. 거기에 단열이 잘되어 바람이 불고 맹추위가 닥쳐도 뜨듯한 아파트는 우리가 살기에 더없이 편리하고 편안한 주택의 형태인 것임에 분명하다. 제아무리 멋진 99칸짜리 기와집에 살았던 사람일지라도 일단 아파트의 맛을 보면 쉽사리 다시 옛 생활방식으로 돌아가지 못할 것이다. 요즘은 한옥을 좋아하는 사람도 아파트의 장점을 결합한 퓨전스타일 한옥으로 개조해 살아간다. 한옥이 아무리 좋아도 현대식 아파트의 장점을 포기하기란 쉬운 일이 아니며, 굳이 포기할 필요도 없다. 나 역시 아무리 옛집이 그립다 하더라도 푸세식 화장실과 집 밖에 있던 부엌살이를 다시 하고픈 마음은 조금도 없다.

그렇게 다양한 아파트를 살았던 나는 다시 미국에 와서 새로운 주거 공간을 경험했다. 처음 미국에 와서 살았던 집의 이야기를 하자면, 거짓말 조금 보태서 눈물 없이는 말할 수 없다. 집값이 너무도 비쌌던 뉴욕에서 다행히도 남편 직장의 기숙사를 이용할 수 있게 되어 참으로 다행이라 여겼지만, 막상 마주한 현실은 처참했다.

작은 건 둘째치고, 집 안의 타일이 다 무너져 내려 욕실에서는 벽 속으로 지나가는 상수도 파이프가 다 보였다. 위층에서 에어컨을 틀면 아랫집으로 물이 떨어지고, 건물은 금방이라도 허물어져 내릴 것만 같았다. 집을 고쳐달라고 나는 유모차를 끌고 사무실에 매일같이 출근을 했다. 두 달여를 끈질기게 투쟁한 끝에 방 2개짜리 기숙사로 옮겨갈 수 있었다. 크게 나을 건 없었지만.

그럼에도 그 가격에 뉴욕에서 집을 얻을 수 있음은 다행이었고 감사한 일이었다. 큰아이는 그 집에서 쑥쑥 자랐고, 작은아이가 태어난 곳도 그 낡은 기숙사 2층이었다.

이후로도 나는 다양한 집들에 살았다. 미국식 아파트, 타운하우스, 싱글하우스에도 살았다. 녹음이 우거진 수풀 속 아름다운 싱글하우스에도 살아보았고, 한국보다 더 춥고 우풍이 불어 겨울이면 '동장군이 왔다'며 아이들과 전기매트 속을 파고들어야 했던, 나무로 지은 삐그덕거리는 아파트에도 살았다. 그럼에도 불구하고 아이들은 그 추운 아파트의 겨울을 따뜻한 추억으로 기억했고, 타일이 무너지던 뉴욕 기숙사도 지금은 큰아이와 함께 외로운 시절을 견딘 정겹고도 즐거운 공간으로 기억한다.

이렇게 공주에서, 서울에서, 그리고 미국에서 많은 집들을 거쳐온 지금의 나는 그들을 오랜 친구처럼 기억한다. 녹음의 아름다움에 둘러싸였던 친구, 쌀쌀맞고 추웠던 친구, 세련됨은

없었지만 정겨웠던 친구, 나 자신의 삶이 버거워서 기억조차
나지 않는 시절의 친구, 오랜 시간을 나와 함께 하여 세월의 정
이 든 친구, 따스한 햇살 같고 푸르른 숲 같던 싱그러운 친구,
그리고 제일 편한 친구…. 지금 내가 살고 있는 이 집이 나에게
는 제일 편한 친구일 것이다. 언제나 지금 내 옆에 있는 친구가
가장 편한 친구이듯이.

한옥집은 나의 첫 번째 친구였다.
아니, 첫째이자 마지막이 될 친구였다.
친구란 게 뭔지도 모를 때
나의 곁에 다가와 나의 손을 잡아주고, 품어주고,
햇살 가득한 마당을 내어준 친구.

아픈 날이면 눈물을 닦아주고,
기쁜 날이면 함께 행복을 나누던 친구.
나와 함께 삶을 이야기하고,
미래의 꿈을 꾸고,
가족의 대소사를 함께 나눈 그런 친구.
손깍지 걸고 영원한 우정을 약속하던 그런 친구.
나는 그 약속을 지키지 못했을지언정

그는 언제나 그 자리에 그대로 있어 나를 기억해주는 친구.

그런 친구이기에 나는 그를 기억하고 그리워하는 것일 게다.
그 모든 친구가 소중했으나 그중에서도 신의와 의리를 저버릴
수 없는 한 명의 친구가 있다면 그는 한옥집이기에. 그러니 비
록 그의 생애가 끝났다 할지라도 나는 이리 그를 기억해주고
추억해주는 것이 당연하지 않겠는가. 나의 오랜 첫 친구를.
그래서 나는 이제는 볼 수 없는 오랜 친구를 그리워하듯 '아낌
없이 주는 나무'의 나무 밑둥에 늙고 초라해진 친구가 와서 앉
아 있듯 그렇게 그를 그리워한다. 나의 한옥집을.

○ ○ ○

유년의 꿈과 환상 가운데
행복했던 시간들

"당신 기억의 생생함과 정확도는 별개다."

이런 말을 들었다. 뇌과학자들이 하는 말이라니까 틀림없는 사실일 게다. 과연 내 글의 정확도는 얼만큼일까? 문득 궁금해졌다.

글을 쓰면서 '지금도 생생하다.', '지금도 기억에 선하다.'라는 말을 참 많이 사용했다. 퇴고 과정에서 일부러 그 말들을 줄이고 삭제해야 했다. 그만큼 그 장면들과 느낌이 나에게 마치 어제 일처럼 생생했기 때문에 그토록 강조하고 싶었던 것이다. 하지만 그렇다고 해서 그 기억들이 정확한 기억은 아니리라.

"난 진짜 하나도 기억이 안 나. 넌 어떻게 그런 걸 다 기억해?"

예전부터 그런 소리를 참 많이 들었다. 하지만 이번에 언니들의 기억을 끄집어내기 위해 이야기를 나누다 보니 그들의 기억도 나 못지않았다. 다만 나는 오래전부터 그 시절을 더 많이 생각하고 더 많이 그리워했을 뿐이다.

같은 사건도 우리 자매 셋 모두 다르게 기억하고 있는 일도 많았다. 예를 들어 '자전거 사고'가 나던 날의 기억도 시간, 장소 등이 서로 다 다르다. 누구의 기억이 맞는 걸까?

엄마아빠의 이야기도 마찬가지였다. 두 분이 결혼까지 간 스토리에 '편지'가 가장 결정적인 역할을 한 것은 사실이지만, 지금은 존재하지 않는 편지 내용에 대한 각자의 기억과 견해는 모두 다 달랐다. 나는 부모님이 기억하는 혹은 기억하고 싶어 하는 각자의 이야기를 들었다. 그리고 글로 옮겼다. 무엇이 사실이냐가 뭣이 중하랴. 그저 그분들이, 그리고 우리들이 그 시간을 통과해왔고 지금도 함께 있으니 그로 족하지 아니할까.

기억을 되살리기 위해 나는 수없이 많은 '어린 나'를 만났다. 작은 나를 찾아내서 그 아이를 한옥집 대문을 열고 들여보냈다. 눈을 감고 있으면 저절로 그 아이가 집 구석구석을 누비고 다녔다. 하나하나 문을 열고, 빼꼼히 쳐다보고, 대문 밖을 나와서 여기저기를 돌아다녔다.

아이가 가는 길은 나의 기억이 되었고 나의 이야기가 되었다. 때론 눈을 감고 있어도 눈물이 났고, 눈을 뜨고 있어도 그곳이 보였다. 돌아가신 할머니를 실제 만나는 듯도 했다. 꿈같기도 하고 환상 같기도 했던 어린 시절의 이야기를 되살려내면서 나는 정말로 꿈 가운데, 환상 가운데 있었다. 돌아갈 수 없을 줄 알았던 유년의 시절 가운데 있었다.

아직도 못다 한 이야기들이 많다. 파고 파도 끝이 없는 샘처럼 한옥집의 이야기는 끌어내고 내도 끝이 없었고, 꺼내고 싶지만 아프고 서러워 차마 꺼낼 수 없는 사연도 많았다. 언젠가 세월이 흐르고 나도 더 무르익으면 한옥집의 더 많은 사연들이 세상에 나올 수 있지 않을까 생각도 해본다.

도와준 분들이 참 많다.

귀찮을 정도로 부모님과 언니들을 졸라대며 이야기를 들었고, 멀리 있는 친척들까지 소환해 이야기를 꺼내달라 부탁했다. 그리고 무엇보다 이 글을 시작하고 이어가도록 해준 원동력인 블로그 이웃님께 진심으로 감사의 인사를 전한다. 그들의 열광적인 댓글이 없었다면 이 책은 세상에 나오지 못했을 것이다.

감사한 일이다.

이 글을 읽는 단 한 사람, 당신에게만이라도 이 글이 유년의 그 시절을, 우리가 사랑했던 그 시절들을 떠올리게 해준다면 그것으로 나는 충분히 행복할 것이다. 지금 나의 마음을 나누는 당신의 마음이 바로 내가 이 글을 쓴 목적이었다.

미국 동부에서

30여 년 전 공주 한옥집을 그리워하며 어느 날

집이여, 초원의 한 부분인, 저녁의 불빛인 집이여
너는 갑작스레 사람의 얼굴을 얻는다.
너는 안으며 안기며 우리 곁에 있다.

- 릴케

내 이야기는 그곳에서 시작되었다

안녕, 나의 한옥집

1판 1쇄 발행 2021년 11월 3일
2판 1쇄 발행 2024년 7월 16일

지은이. 임수진
일러스트. 이하여백
기획편집. 김은영
마케팅. 이운섭
본문 디자인. 강경신
표지 디자인. 여만엽

펴낸곳. 아멜리에북스
출판등록. 제2021-000301호
전화. 02-547-7425
팩스. 0505-333-7425
이메일. thmap@naver.com
블로그. blog.naver.com/thmap
인스타그램. @amelie__books

ⓒ 임수진, 2024
ISBN 979-11-976069-9-1 (03810)

• 아멜리에.북스는 생각지도의 문학 브랜드입니다.